TITAN +

SAGA... un volcan en Islande

DU MÊME AUTEUR

2000

Ma chasse-galerie, recueil de contes avec CD audio,
  Planète rebelle

1999

*Affiquets, matachias, vermillon : Ethnographie illustrée
  des Algonquiens*, ouvrage scientifique, Recherches
  amérindiennes au Québec.

1998

Comme une odeur de soupe, recueil de contes,
  Lansman Éditeur, Belgique.

Le clown et *Tamusi, fils de la glace*, contes dans la
  revue STOP #154/Planète Rebelle.

La soupe de grand-mère, conte dans la revue STOP
  #153.

La Californie sur les traces de John Muir, grand
  reportage dans la revue ESPACES, mai.

1997

The Pack, conte dans le collectif GHOSTWISE,
  Ragweed Press.

La rivière, conte dans la revue STOP #151.

La Corse, une montagne dans la mer, grand reportage
  dans la revue ESPACES, avril.

1995

Le glacier, Québec Amérique Jeunesse, récits
  d'aventures.

Au cœur de l'oreille, conte dans le collectif Tout un
  monde à raconter, coll. « Clip », Québec
  Amérique Jeunesse.

1994

Destins, Québec Amérique Jeunesse, recueil de
  contes.

Marc Laberge

SAGA... un volcan en Islande

QUÉBEC AMÉRIQUE JEUNESSE

329, rue de la Commune O., 3ᵉ étage, Montréal (Québec) H2Y 2E1, Tél.: (514) 499-3000

Données de catalogage avant publication (Canada)

Laberge, Marc

Saga... un volcan en Islande

(Titan+ jeunesse ; 46)

ISBN 2-7644-0104-3

I. Titre. II. Collection.

PS8573.A168S23   2001   jC843'.54   C2001-940433-6
PS9573.A68S23   2001
PZ23.L32Sa   2001

Les Éditions Québec Amérique bénéficient du programme de subvention globale du Conseil des Arts du Canada. Elles tiennent également à remercier la SODEC pour son appui financier.

Le Conseil des Arts | The Canada Council
du Canada | for the Arts

Nous reconnaissons l'aide financière du gouvernement du Canada par l'entremise du Programme d'aide au développement de l'industrie de l'édition (PADIÉ) pour nos activités d'édition.

Diffusion :
Messageries ADP
955, rue Amherst
Montréal (Québec) H2L 3K4
(514) 523-1182
extérieur : 1-800-361-4806 • télécopieur : (514) 939-0406

Dépôt légal : 2e trimestre 2001
Bibliothèque nationale du Québec
Bibliothèque nationale du Canada

Révision linguistique : Diane Martin
Mise en pages : PAGEXPRESS

J'oubliais que certaines personnes
sont capables à elles seules
de déplacer les bornes du destin…
Mais à quel prix ?

À vingt ans, Christophe avait l'air tellement jeunot qu'il éprouvait de la difficulté à se faire servir une bière dans un lieu public. Grand et mince, il habitait un corps d'adolescent trop vite grandi. Les épaules vers l'avant, il marchait en tanguant curieusement sur ses jambes trop longues.

Très doué, il avait sauté une année de primaire et s'était retrouvé dans ma classe avec des élèves plus âgés que lui. Spontanément il parlait peu, mais nous avions pris l'habitude de le consulter quand une question nous embarrassait ou pour en savoir plus long sur un sujet.

Christophe pouvait discourir sur tout.

Il dévorait ce qui lui tombait sous la main. De prime abord, rien ne laissait soupçonner son érudition. Par souci de discrétion, il s'appliquait à ne pas arriver premier. «Une tête», qu'on disait. Du genre à tout savoir avant même que le professeur ait commencé à expliquer. Au fil du temps, l'école est devenue pour lui un champ propice à ses rêveries. Plutôt solitaire, il planait longuement comme un oiseau de proie à l'affût, avant de plonger sur une nouvelle pensée. Certains s'en moquaient. Rares sont ceux qui recherchaient son amitié.

Je l'ai mieux connu au collège lorsque nous faisions partie d'une troupe de théâtre. Avec le temps, nos liens se sont resserrés et nous sommes devenus des inséparables.

Trois mois de cours en sciences humaines l'ont finalement désintéressé de la vie scolaire. Il a préféré tenter de nouvelles expériences. L'écriture de deux pièces de théâtre l'a amené à s'inscrire dans une école d'art dramatique. De fait, il avait tellement travaillé à son premier texte, *Les Bananes*, que par la suite il n'a plus été capable de manger de ce fruit. Après un an, il a abandonné le théâtre. Il voulait vivre autre chose, autrement que dans les livres! Il était habité par un besoin de partir.

Sa capacité à échapper au milieu qui l'entravait m'impressionnait. À mes yeux, il était un aventurier. Il se voulait acteur de sa vie. Il n'attendait rien ni personne. Il cherchait, voire construisait les moyens pour atteindre son but, même si la formulation de ses désirs s'avérait un peu floue. Il essayait de ne retenir que l'essentiel et ne s'encombrait pas de futilités.

Christophe s'organisait avec peu d'argent. Il débusquait un billet d'avion bon marché, mangeait frugalement, dormait dans les campings, les auberges de jeunesse, ou tout bonnement dehors ! Nullement le genre à se plaindre, il se débrouillait avec ce qu'il avait.

Son premier voyage l'a mené en Espagne. Cet été-là, j'ai reçu une lettre.

Malaga, août 1970

Mon cher Mathieu,

Hier encore, je me suis assis sur une plage. Tout ce qu'il y a de plus banal. Des galets, même pas de vagues. À peine un clapotis d'eau brune. Perdu dans mes pensées, j'ai commencé à visiter des moments de ma vie, à les revivre, puis à les ranger dans ma mémoire comme on classe des dossiers. Je suis resté là quatre ou cinq heures…

Une certaine tranquillité s'est installée en moi durant ces deux mois que j'ai passés seul, ici, à observer et à regarder vivre les gens.

À la longue et à force de vivre dans une sorte de ralenti, j'ai appris à me sentir bien sans le confort de la maison. Cette précarité d'existence et la solitude ont favorisé en moi le développement d'un dialogue intérieur. J'ai fini par avoir la sensation rassurante que je ne serais plus jamais seul avec moi-même. Bien sûr, je reviendrai au pays. Mais déjà, je sais qu'il me faudra repartir. La connaissance que je cherche s'acquiert de par le monde et non en vase clos. L'aventure à laquelle je rêve n'est pas donnée. Elle appartient à ceux qui vont la chercher. Et je veux être de ceux-là.

Cela te paraîtra peut-être aussi étrange qu'à moi, mais j'ai l'impression de vivre ma première grande aventure, celle de ma propre découverte! Je me révèle au fil des situations que je dois assumer par mes seules ressources.

Ne t'inquiète pas, je vais revenir. «Le voyage, ce n'est pas nécessairement aller dans de nouveaux paysages, mais avoir d'autres yeux...», disait je ne sais plus qui. Et dès lors, on peut aussi voyager en soi. Allez, on s'en reparle!

Ton ami,
Christophe

J'ai conservé cette lettre. Je jalousais mon ami de vivre de semblables expériences. En fait, j'enviais au plus haut point ce qu'il était devenu. Comment, diable, réussissait-il à donner un tel sens à ce qui lui arrivait ?

Je suis resté sans nouvelles de lui pendant deux ans. Le hasard ou le destin – oui, le destin sûrement – a voulu que nos routes se croisent de nouveau. Ancré dans une autre ville, Christophe avait piqué un sprint de cours intensifs comme lui seul en était capable, pour décrocher un diplôme en techniques d'animation. Déjà, par sa nature, il savait amener les autres à manifester leurs pensées et leurs projets. Cette formation aux médias et à diverses expressions artistiques répondait donc bien à ses aspirations. Elle lui ouvrait de multiples voies dans le domaine des communications.

Il venait d'encaisser vingt-deux ans, et moi, j'avais franchi le cap des vingt-trois. Nous nous sommes retrouvés à l'été 1972 au Balcon vert, une auberge de jeunesse située dans la région de Charlevoix, près de Baie-Saint-Paul. Nous étions responsables de l'administration, de l'intendance et de l'accueil. Christophe y avait créé un lieu de vie et d'expression ouvert aux jeunes en quête d'une société affranchie de ses tabous. Il m'avait entraîné dans cette entreprise inspirée des grands idéaux qui animaient les jeunes au début des années 1970.

Ce projet nous a soudés. Dans la foulée du mouvement américain Peace and Love et des événements de Mai 1968 en France, qui avaient révolutionné la mentalité de la jeunesse occidentale, nous voulions tout simplement changer le monde pour le rendre plus fraternel. Les idées fusaient : mise en commun des richesses, accès gratuit à l'éducation, valorisation des actions et gestes de chacun… Concrètement, le mode de vie s'en trouvait radicalement modifié. Les décisions collectives visaient le partage du travail, y compris les tâches ingrates. Ni chefs ni subalternes. L'égalité sociale, tel était notre projet de société. Et gare à celui qui nous aurait traités d'utopistes.

Christophe, l'âme pensante, insufflait à tous confiance et énergie. Fidèle à lui-même, jamais il ne se mettait en avant. L'esprit de ce monde nouveau bousculait la morale sociale. À l'époque, on avait rendu l'acte sexuel plus libre, les filles prenaient la pilule, la vie nous appartenait…

L'auberge fermait à l'automne. Toujours propulsé par son désir de partir, Christophe s'est envolé pour l'Islande.

L'année a filé et un nouvel été nous a ramenés à l'auberge du Balcon vert. Christophe avait changé. Ses mains dessinaient en traçant de larges mouvements, tout en rondeur. Ses doigts en éventail avaient pris l'habitude de renvoyer ses cheveux vers l'arrière. Était-ce pour se donner un air ? Rebelles, les mèches se rabattaient aussitôt sur son front !

Un après-midi, alors que lui et moi préparions le repas du soir, j'ai vidé mon sac :

— Qu'est-ce qui t'arrive, mon vieux ? Te voilà bien rêveur ! Tu es parmi nous, d'accord, mais je te connais assez pour deviner que tu as d'autres préoccupations. Le boulot à l'auberge, ça va, c'est pas ça le problème. C'est autre chose… Et puis, veux-tu me dire ce qui t'attire au bureau de poste tous les jours ? Tu aurais décroché la lune en Islande que cela ne m'étonnerait pas !

Christophe m'a regardé avec un sourire en coin. Il a pris le temps de mettre une tarte à cuire dans le grand four en brique et, pour gagner du temps, s'est essuyé les mains au linge pendu à la ceinture de son tablier.

— On s'en parle plus tard. Après la vaisselle… Ça te va ?

— Quand tu voudras.

Le travail terminé, Christophe et moi avons pris place sur le magnifique promontoire surplombant le fleuve Saint-Laurent.

— Je ne voulais pas lâcher le morceau en début de saison, a-t-il embrayé tout de go, mais, à toi, je peux le confier. À l'automne, je repars pour l'Islande.

— Une fille ?

— … Ouais !

La lune se levait au-dessus de l'immense étendue d'eau. Énorme, elle emplissait le ciel d'une lumière aveuglante.

— J'ai connu peu de filles, tu le sais. Mais je n'ai jamais été aussi retourné.

Il fallait voir le regard de Christophe. Ses yeux pétillaient, que dis-je, tout son corps était électrisé et ses gestes étaient pleins de tendresse.

— Quand j'ai mis les voiles pour l'Islande, comment aurais-je imaginé pareille rencontre ? Dès que je l'ai vue, ça a été le choc.

— Une collision frontale, en somme !

— Arrête, Mathieu, ne plaisante pas, je ne pensais pas que pareil feu pouvait me dévorer.

Christophe me parlait d'un magnétisme plus fort que l'attraction terrestre… le choc amoureux. D'un naturel peu bavard, voilà qu'il ne tarissait plus ! Je ne l'avais jamais connu dans un état pareil et je me réjouissais de le voir si radieux.

Cet été-là, au fil de nos conversations nocturnes autour d'une bière fraîche, nous avons remonté ensemble les bouts de chemin que nous avions parcourus. Christophe m'éblouissait. Sa capacité à choisir sa route, à s'inventer, me dépassait. Accroché à ma petite vie paisible, jamais sans doute, moi, je ne vivrais pareille aventure.

À travers le récit minutieux de son voyage, je percevais les événements exceptionnels qui lui étaient arrivés en Islande. Captivé, je ne l'interrompais pas. Je me retrouvais soudain le confident privilégié d'une « aventure viking ». Cette jeune femme l'avait métamorphosé.

Je comprenais pourquoi Christophe passait chaque jour inlassablement à la poste. Il espérait y glaner une lettre en provenance de l'île lointaine. Mais le flot quotidien de courrier s'écoulait en le laissant sur la berge : elle n'écrivait pas.

▲ ▲ ▲

J'ai parlé à Christophe pour la dernière fois peu de temps avant sa mort, par une de ces longues soirées de l'été 1973, au Balcon vert.

Quelques jours après, je donnais un coup de main à la famille de mon ami pour vider sa chambre. Il possédait peu de choses : un appareil photo, des cartes géographiques et quelques effets personnels.

— Cette boîte est pour toi, m'a dit sa mère. Tu étais son ami le plus proche, tiens, prends ces papiers.

Troublé par ce présent inattendu, j'ai accepté, inquiet à l'idée que, tôt ou tard, il me faudrait avoir le courage de parcourir ces bribes de son passé.

Depuis cet été tragique de 1973, rien ne s'est effacé de mon esprit. Parmi tout ce dont la mémoire se déleste, ces moments ont survécu. Impérissables, ils ont gardé une éclatante limpidité.

Pourtant, j'aurais voulu oublier et ne pas avoir à affronter ces souvenirs. Ne pas raviver une blessure jamais cicatrisée. Mais l'histoire rattrape toujours ses acteurs. Lorsque je me suis décidé à ouvrir la boîte confiée par la mère de Christophe, j'ai retrouvé l'intense désarroi qui m'avait remué lors des événements.

J'ai trié les papiers de Christophe : des dépliants touristiques, des cartes et une foule de papiers gribouillés illustrés de croquis dans les coins… Et aussi des papiers chiffonnés, vraisemblablement défroissés, des serviettes de table remplies de mots, le tout taché de gouttes de café. Je reconnaissais l'affreuse écriture de mon copain.

Ce fatras n'avait rien à voir avec un journal personnel que l'on cache sous l'oreiller. Non, juste des mots jetés en vitesse ou des bouts de texte rédigés à la hâte, tantôt au passé, tantôt au présent, selon le cas. Ces notes racontaient son Islande : les événements, mais surtout ce qu'il avait ressenti. Et son Islandaise omniprésente. Christophe écrivait de la même manière qu'il parlait, avec des dialogues. Je l'entendais raconter, je vivais ce qu'il avait vécu... comme au cours de nos soirées au Balcon vert.

J'ai entrepris un classement chronologique de ces papiers en fonction des quelques dates qui apparaissaient çà et là, question d'y mettre un peu d'ordre.

Pour retrouver l'image de mon ami, j'ai repris ses notes à partir desquelles j'ai recomposé de mon mieux son aventure islandaise.

Première partie

Le récit
de Christophe

I

17 novembre 1972

Aujourd'hui, c'est pour l'Islande que je m'envole.

— Mais, Christophe, pourquoi l'Islande cette fois ? avait demandé ma mère au moment où je bouclais mes bagages.

D'un ton badin, je lui ai rappelé le canard-jouet dans la baignoire de la maison. À vingt ans encore, je barbotais en m'amusant à le couler dans les vagues et j'aimais le voir réapparaître dans la mousse avec ses grands yeux noirs au-dessus de l'écume. Ce jour-là, j'ai attrapé mon canard et, sans regarder, je l'ai fait tourner sur le mur de la salle de bain décoré d'une mappemonde en céramique. Au bout de quelques instants, j'ai arrêté le mouvement et j'ai rouvert les yeux. À ce jeu de roulette, le bec s'est posé sur l'Islande. Hasard ou prémonition? Ce fait anodin a guidé mon choix.

Au fond, j'aurais pu aller n'importe où. Curieusement, la destination n'avait pas d'importance. Mais dans ce pays à l'écart du monde, j'allais connaître des gens qui vivent depuis des siècles, isolés sur une terre volcanique, en plein Atlantique Nord. L'île mystérieuse!

Depuis mon premier voyage en Espagne, j'ai pris goût à me balader dans l'existence et à chercher ce qui pourrait m'intéresser. Je sais désormais que je peux me débrouiller. J'ai définitivement tourné le dos au petit confort et aux rôles conventionnels de la société bien pensante.

La rencontre des autres et la découverte de cultures différentes s'imposent à moi comme une nécessité. En décollant pour l'Islande, je choisis l'aventure, loin de la routine et des voies fléchées de tout le monde. La plupart des gens plus âgés que moi disent s'être fait avoir par la vie sans jamais vraiment réaliser les projets qui leur tenaient à cœur. Ils ont été piégés par leur situation, avouent-ils. À force d'éviter de chagriner qui que ce soit et de se sacrifier pour les autres, ils ont passé leur existence à attendre la retraite et à rêver à ce qu'ils auraient aimé entreprendre.

Vivre à l'envers des autres, la nuit plutôt que le jour, sans refuser le risque : voilà mon projet. J'ai l'impression qu'affronter des obstacles me permettra d'échapper à la fadeur du quotidien, de me connaître, de me transformer, et même de me dépasser… Une illusion peut-être ? Je n'y peux rien : pour moi, c'est ainsi. Je veux vivre et tout de suite ! Je sens une urgence qui me pousse à foncer à toute allure. Je suis habité par le désir de partir… loin !

Samedi matin. J'atterris à Keflavík après des heures blanches dans l'avion. Quel paysage singulier ! D'immenses étendues de lave durcie s'étalent de chaque côté de la route menant à la capitale – route dont on a modifié le tracé pour ne pas déranger un peuplement d'elfes : pays de légendes oblige. Il n'y a aucun arbre à l'horizon. À certains endroits, la vapeur de la terre monte en panache au-dessus de cette mer pétrifiée, couverte de mousse jaunâtre. Du velours. Je comprends maintenant pourquoi la ville a pour nom Reykjavík, la « baie aux fumées ». Çà et là surgissent des rocs tachetés de lichens blanchâtres. Parfois, une herbe d'un vert rutilant s'implante avec peine dans l'humidité des gorges taillées à même le basalte noir.

Zéro degré Celsius, c'est la normale, me dit-on. Je suis presque déçu. Je m'attendais à ce qu'il fasse beaucoup plus froid. Sur les cartes, l'île semble si haut perchée dans l'Atlantique Nord que je m'étais préparé à affronter des températures de moins vingt, moins trente… voire moins quarante !

Aucun problème pour dénicher une chambrette. En fait, je n'y vais que pour dormir. Je passe mes journées à déambuler dans les rues de Reykjavík. Une ville coquette, aux maisons bien astiquées avec leurs toits rouges, bleus ou verts. Au centre s'étend un lac, aire de jeux pour canards barboteurs. Je n'ai pu m'empêcher de penser au mien, abandonné sur le rebord de la baignoire. Des sources chaudes captées dans le sol chauffent toute la ville : autant les bâtiments que les rues et les trottoirs où, curieusement, le peu de neige qui tombe fond à mesure.

Je suis sous le charme. Même après une semaine, je me plais à voir jaillir des colonnes de fumée, à marcher sur une mer de lave figée, à entendre gronder la terre… À ce moment de l'année en Islande, la lumière du jour se montre à peine. Moi qui souhaitais vivre la nuit, je ne pouvais être mieux servi! Une lueur décolorée éclaire chichement le ciel. Les gens du pays semblent hiberner patiemment, un peu engourdis jusqu'au retour de la clarté.

II

Midi. J'aurais pu acheter un sandwich et l'avaler sur un banc face à la mer. Mais, arrivé depuis plus d'une semaine, je n'avais pour ainsi dire parlé à personne jusque-là, trop occupé à découvrir le pays. J'avais soudain envie de faire connaissance avec des gens, d'engager une conversation. J'ai décidé d'aller manger dans un café.

Une atmosphère ésotérique régnait dans ce troquet. Des personnages légendaires et des bêtes mythiques étaient peints sur les murs. Contre ma table, un homme à la barbe grise, chaussé de bottes en fer cyclopéennes, était vêtu d'une immense tunique noire tourbillonnante qui le maintenait au-dessus du sol. Armé d'une épée de trois mètres, le sylphe s'attaquait avec

calme à un volcan démonté dont les fumerolles blafardes prenaient des formes de
monstres déchaînés. Ce porteur d'excalibur
semblait être la divinité qui protège les
humains contre les forces dévastatrices de
la Terre.

Sans le savoir, j'avais pénétré dans le
célèbre café Les Derniers Humains, cons-
truit en 1696 sur les ruines du premier
monastère de l'île édifié au milieu du
XIIIe siècle.

Décoder un menu en islandais s'avérait
une tâche risquée. Devinant mon embarras,
la serveuse qui attendait ma commande a
pointé le doigt vers un encadré sur la couverture :

— Vous devriez goûter à ce plat typique
du pays, a-t-elle lancé dans un français
impeccable, teinté d'un charmant accent
scandinave.

— Oui, je veux bien, ai-je répondu,
trop étonné pour demander plus de préci-
sions sur le plat en question. Comment
avez-vous deviné que je parle français ?

— C'est facile ! J'ai aperçu la couverture
d'un livre dans votre sac.

Effectivement, le *Calepin d'un flâneur*
dépassait de l'une des pochettes.

— Ici, on apprend jeune à parler plusieurs langues. Vous savez, seulement

210 000 personnes au monde parlent l'islandais.

Ces yeux, ce visage souriant, et le timbre de la voix... m'ont touché au vif dès l'instant où elle m'a adressé la parole. J'avais du mal à supporter son regard intense.

La présentation de l'assiette m'a déconcerté : des tranches de pain noir, carrées, accompagnées d'un tube de dentifrice ! Interloqué, j'ai d'abord pensé à un subterfuge. Le naturel avec lequel elle m'avait apporté ce plat louche devait dissimuler un stratagème. Que penser ? Mine d'avoir tout mon temps, j'ai fait semblant de rêvasser, le regard perdu dans le lointain de la fenêtre – dont la vue, en réalité, se heurtait aux façades opposées ! En fait, je surveillais furtivement les autres clients, attendant que l'un d'eux reçoive le même plat. Flairant ma manœuvre de diversion, la serveuse est revenue :

— Ce tube contient une pâte de poisson. Il suffit de le presser en sillon sur le pain, voyez ?

J'observais les mains de cette fille qui m'offrait un cours d'apprentissage de cuisine islandaise. Jamais je n'avais autant remarqué ce que peuvent révéler les mains. Une grande vivacité se dégageait de ses gestes.

La souplesse et la précision de chaque mouvement, la simple façon de saisir le couteau, tout parlait d'elle. Lorsqu'elle a frôlé ma main, une sorte de douceur a coulé en moi.

Ce modeste repas a pris des allures de festin. J'avalais goulûment. Chaque bouchée avait la saveur du pays. Je n'osais lever la tête. Un seul regard m'aurait trahi. J'étais envoûté.

— Prendrez-vous un dessert? Que diriez-vous d'un peu de yogourt avec des bananes d'Islande?

— Vous vous moquez de moi!

— Pas le moins du monde! On fait pousser les bananes dans des serres tempérées avec la chaleur provenant des profondeurs de la terre, ce qui leur donne un petit goût volcanique! a-t-elle ajouté avant de pouffer de rire.

— Je prendrai seulement le yogourt, merci! J'ai développé une allergie aux bananes, ai-je répondu, aussi amusé qu'elle. Et alors, dites-moi, produisez-vous le yogourt avec le lait des brebis chambré à la même source de chaleur? On dit que l'île compte des centaines de milliers de moutons!

J'avais envie de poursuivre le jeu, peut-être pour la retenir, mais déjà elle s'affairait ailleurs.

En m'attardant à table, j'avais repris le *Calepin* de Félix Leclerc. Inspiré par ma lecture, j'ai écrit sur le napperon : «On quitte son pays pour les mêmes raisons qu'on quitte la maison de son père.» J'aime noter des pensées sur les nappes en papier. Impulsivement, j'ai griffonné une réflexion à son intention : «Alors que j'ai passé neuf jours seul dans ce pays lointain, il a suffi d'un sourire et d'un peu de gentillesse pour que, tout à coup…»

Jamais je n'ai éprouvé un tel choc face à quelqu'un dont je ne savais rien, pas même le nom. La vie de tous les jours est pleine de hasards sans conséquence, mais un pressentiment m'indiquait que cette Islandaise m'était destinée.

Elle m'attirait. Je savais que cela ne tenait pas à la séduction physique. En fait, cette serveuse ne correspondait pas du tout à l'image stéréotypée de la Scandinave aux cheveux blonds et au teint hâlé. Ses cheveux noirs, courts, tranchaient sur la blancheur de sa peau. Ses yeux noisette aux reflets de silex, clairs et francs, étaient de ceux que l'on n'oublie pas. Par sa façon d'être attentif aux autres, son regard inspirait la confiance.

Je me surprenais moi-même. Jusque-là, je sentais le regard des filles. Selon leur dire, j'étais un «intellectuel» ou un «joli garçon». La plupart du temps, elles me laissaient indifférent. Cette fois-ci, il s'agissait d'autre chose. D'où m'était venu ce trouble à mon entrée dans le café?

Les jours suivants, j'ai évité de passer près du resto par crainte de la croiser. Je voulais l'oublier. Effort vain, s'il en est. L'Islandaise s'imposait à moi. Sa voix, son regard, le mouvement de ses mains me hantaient.

Une force me poussait à partir seul, mais un feu intérieur me dirigeait vers elle. Je me répétais que cela tenait à mon imagination, au contexte du voyage, à l'exotisme de l'étrangère. Je tentais de me convaincre de ne pas m'attacher à elle. Créer des liens m'empêcherait de vivre l'aventure que j'étais venu chercher ici. Je voulais avant tout me rendre disponible à ce qui pouvait survenir... Rien à faire! Cette fille accaparait mes pensées. Elle me fascinait et m'effarouchait en même temps!

▲ ▲ ▲

Dimanche. J'ai cédé. Une débâcle m'a entraîné jusqu'au café. Irrésistiblement. Durant tout le trajet, une question m'obsédait: «Travaille-t-elle aujourd'hui?» En

ouvrant la porte, je suis resté figé. Elle était
là, souriante. En fait, elle ne souriait pas
vraiment, mais son visage exprimait un
plaisir d'être. Elle portait un pantalon noir
ajusté et des chaussures souples à talons
plats. Une blouse ample aux manches
bouffantes donnait de la légèreté à chacun
de ses mouvements. Elle venait d'enfoncer
une cassette dans un magnétophone et
ajustait le volume. J'étais indécis : comment
l'aborder ? Après une semaine, se souvenait-
elle de moi ? Tant de personnes avaient
défilé dans ce restaurant depuis notre rencontre.

Les *Quatre Saisons* de Vivaldi emplissaient le café : le *Printemps* commençait.
Les notes se précipitaient en une source
jaillissante… Absorbé, j'étais cloué depuis
un moment dans l'embrasure de la porte
quand un client m'a écarté. La musique
s'engageait dans un orage violent !

À table, je me suis assuré que mon livre
dépassait suffisamment de la pochette. Du
premier coup d'œil, elle m'a aperçu.

— *Gódan daginn, kondu sæll*[1] ?

J'ai mis le paquet, je voulais l'impres-
sionner.

---

1. Bonjour, comment allez-vous ?

— *Mjöf vel bakka bér*[2]! À ce que je vois, vous n'avez pas perdu de temps. La même table ? Vous allez devenir un habitué !

Naïvement, je me contentais de sourire, trop heureux qu'elle me reconnaisse. Elle a déposé deux napperons de papier côte à côte.

— Je n'attends personne…

— Ce napperon est pour vous, l'autre est réservé à l'écriture…

— Vous avez trouvé mon mot ?

Je devais avoir l'air bête… ou ravi ! Elle, semblait plutôt contente.

— Hé oui ! Quand vous mangerez ici, j'apporterai un napperon de plus, juste pour les mots… au cas où l'inspiration serait au rendez-vous. Les poètes occupent une grande place en Islande.

— Vous appréciez les mots ?

Je voulais simplement la retenir, entendre sa voix.

— Oui ! J'aime ceux qui jonglent avec les langues et les mots, les écrivains, les conteurs… J'aime lire ! Faites-moi le plaisir d'écrire, même si on se connaît à peine. Vous n'avez pas idée à quel point un petit mot peut fleurir une journée quand on est serveuse. Reprendrez-vous de la pâte de poisson ?

---

2. Ma foi ! Très bien, merci.

Je ne m'attendais pas à cette question. Quelque peu décontenancé, je me suis réfugié dans le menu, tentant de mettre un peu d'ordre dans mes pensées. « La même chose ? Un plat différent ? » En reprenant de la pâte de poisson, je lui indiquais que j'avais apprécié sa proposition. En essayant un plat différent, je laissais entrevoir ma curiosité pour l'originalité culinaire.

Pendant que je tergiversais, un éclair de « génie » m'a traversé l'esprit :

— Est-ce que… y a-t-il d'autres mets typiquement islandais ?

— Je vous recommande le hareng mariné, c'est délicieux. Mais il y a aussi, juste là dans les spécialités, du bifteck de baleine, de la tête d'agneau flambée ou, si vous êtes audacieux, du requin faisandé.

— Va pour le requin, ai-je répondu sur un ton volontaire, prêt à risquer le tout pour le tout. Et en accompagnement, j'aimerais avoir le mode d'emploi…

Elle riait comme une gamine.

Suspendu entre deux secondes, je n'avais plus conscience de rien d'autre… à part elle. Je n'avais d'yeux que pour elle. Son gracieux port de tête soulignait un minois avenant et éveillé. Sa taille bien prise donnait à sa blouse ample la légèreté d'une corolle. Elle allait d'un pas souple de ballerine, l'allure décontractée. Ses hanches ondulaient doucement.

— Voilà! Le requin est servi avec un doigt de Brennivin, qu'on appelle aussi Mort noire. C'est un puissant alcool de pommes de terre, contenant de l'angélique et du cumin. Ça a pour effet de tout dissoudre dans l'estomac… et dans l'esprit, a-t-elle ajouté d'un air gaillard.

— Merci… euh… Votre nom?

— Saga. Et vous?

— Christophe.

— Bon appétit, Christophe! Je suis heureuse de vous revoir.

Que pouvait-elle bien penser de moi? Avec cet aileron de requin dans mon assiette, il me fallait maintenant livrer bataille sans perdre la face.

Saga! Ce nom prédestiné, sa façon attentive de regarder… Tout, ici, me semblait différent…

▲ ▲ ▲

En quelques jours, je suis devenu le plus fidèle client du café, ce qui nous a permis de faire connaissance. Puis, tout s'est précipité. Je lui ai donné rendez-vous dans un parc et, de balade en discussion…

— Après sa séparation d'avec ma mère, raconte Saga, mon père s'est installé en France pour enseigner le design. Je suis allée le rejoindre et j'ai fait des études en sciences de l'éducation et en psychologie, et j'ai finalement obtenu un diplôme en orthopédagogie. Tu comprends maintenant comment il se fait que je parle couramment le français. Quand je suis revenue en Islande, j'ai occupé un emploi dans mon domaine pendant cinq ans. Mais le travail ne me plaisait pas.

Je lui demande pourquoi. Elle hausse les épaules.

— Je n'étais pas particulièrement douée pour régler les problèmes des autres. Il fallait à tout prix que je quitte ce travail, j'étouffais. J'ai décidé de tout recommencer. Depuis, je travaille le jour au café et, le soir, je suis des cours de graphisme.

À mon tour, je lui raconte mon histoire. Et de nous étonner des hasards qui nous ont réunis dans ce bout du monde.

▲　▲　▲

Désormais, en fin d'après-midi, je l'attends au sortir du café, et nous nous retrouvons au parc ou chez elle avant ses cours du soir. Je ne me connaissais pas si bavard. Jamais je n'ai autant parlé à une fille. Curieusement, Saga enregistre tout et se souvient de chaque mot que je prononce.

Malgré mes quelques expériences sentimentales, avec elle, je me trouve malhabile, fébrile en défaisant les boutons de sa blouse. Je me sens brutal quand je la serre comme dans un étau ou quand je la couvre de caresses un peu sauvages. Sans doute suis-je trop ému.

On dirait qu'elle s'accommode même de mes gaucheries, comme si elle trouvait qu'un brin de maladresse ne fait qu'ajouter au bonheur de la rencontre. Et elle m'entraîne sur le chemin de la tendresse.

Je crains de la décevoir, de ne pas être à la hauteur. Lorsqu'elle pose sa tête sur mon épaule et que je perçois son souffle, je me sens comblé. À d'autres moments, mes pensées s'assombrissent. Je me demande si ce qui m'arrive est vrai, si elle est sincère. Que peut-elle bien me trouver ? Ce soir, je lui en parlerai.

▲ ▲ ▲

— Christophe, je suis merveilleusement bien avec toi. C'est ce qui compte ! Quand cesseras-tu de douter de toi ?

— Je ne sais pas. J'imagine que le temps aidera.

Le temps… qu'est-ce que le temps pour elle ? Passé, présent, avenir, tout se mêle. Elle m'aime. Elle me l'a dit. Je la crois. Elle m'aime pour ce que je suis : unique, paraît-il. Je devais avoir l'air d'un pauvre malheureux complètement paumé, en besoin d'être rassuré.

— Tu crois peut-être que je ne suis pas secouée, moi ? Je le suis autant. Mais, contrairement à toi, je ne m'affole pas face à mes états d'âme, tout dévorants qu'ils soient. Je m'y abandonne, et tout mon être est bercé par ce vertige.

Cette réponse tourne dans ma tête. Pour rejoindre Saga, il me faudra lâcher mes doutes, mes fausses questions.

Me retrouver avec elle et me perdre dans l'enchantement de cette aventure qui commence, voilà ce que je désire. Se découvrir mille et une affinités, s'émerveiller de la facilité de nous ajuster l'un à l'autre. Quelquefois, une pensée lui traverse l'esprit, la pousse à raconter un souvenir, une anecdote. Avec elle, pas question d'aimer en silence. Pourtant, nous ne parlons pas de l'avenir, trop occupés à savourer le présent. Un cadeau de la vie.

▲ ▲ ▲

Aujourd'hui, j'ai quitté ma chambre pour habiter avec Saga. De son minuscule deux-pièces, on voit la mer. D'un côté, l'immensité, l'infini. De l'autre, un petit nid parfaitement encombré d'un joyeux désordre, aussi surprenant qu'amusant.

À ce moment de l'année, les jours sont incroyablement courts, trois heures de demi-clarté au plus. Moi qui rêvais de vivre la nuit plutôt que le jour, je ne m'en plaindrai pas ! Elle non plus je crois.

L'Islande n'a pas fini de me surprendre, loin de là. À peine suis-je installé chez elle qu'une de ses bizarreries me frappe :

— Saga ! Pourquoi places-tu tes souliers sur le bord de la fenêtre ? Pour leur faire regarder le paysage peut-être ?

— Non, elles ont rendez-vous ! a-t-elle répondu sérieusement avec des yeux rieurs. Noël approche. En Islande, la légende raconte que Jolasveinn vit durant l'année dans l'arrière-pays auprès de Grila, sa mère redoutée. Il quitte la montagne quelques jours avant la fête pour distribuer des cadeaux. Le bois est très rare chez nous et comme on se chauffe par géothermie, Jolasveinn ne prend aucun plaisir à passer par les cheminées glacées. Il préfère mettre ses présents dans les souliers posés dehors.

J'ai toujours aimé être pris au dépourvu ! De toute façon, ça tombait bien. Je voulais justement lui offrir mon chandail rouge, je sais qu'il lui plaît, mais comment faire pour qu'il entre dans son soulier ? Il faudrait au moins une grosse bottine de marche. Je vais devoir arranger quelque chose avec ce Jolasveinn !

III

14 janvier 1973

Saga. Oiseau de nuit. Elle dort peu, le plus souvent le matin. Elle semble ignorer la nécessité de récupérer. Il m'arrive de la surprendre en face à face avec elle-même durant de longues heures, un livre à la main, ou le regard perdu dans l'épaisseur de l'obscurité. À d'autres moments, je la trouve à demi évanouie d'épuisement, secouant la tête d'un air désorienté comme pour chasser une obsession ou une brume trop dense. Enfin consciente de sa fatigue, elle change alors de position, cherchant des yeux le repos sûrement caché quelque part. Avec l'acharnement d'une marée, le sommeil refuse de l'emporter, l'abandonnant sur l'écueil. Sans répit, une procession d'idées semble défiler dans sa tête. Malgré elle, son esprit s'obstine à suivre les méandres de ses pensées. Quand vient la mauvaise heure, ce moment pénible avant l'aube, où l'état de veille est en proie aux attaques de sommeil, il lui arrive de s'effondrer, accablée sous le coup d'une fatigue qui la terrasse soudainement. Alors, elle sombre dans une nuit brève.

Je me garde bien de troubler ses états nocturnes. Pour la laisser discrètement à ses réflexions, je ne lui pose aucune question. Je préfère. Par respect pour son besoin de solitude. Dans cet espace nébuleux bouillonnant de visions, une sorte de fiction dramatique met en scène les puissances latentes de l'obscurité. Son visage trahit parfois un obscur combat.

Qui ? Ou quel fantôme gouverne ses rêves éveillés ? J'aurais aimé surprendre Saga dans l'un de ces moments où la vie nocturne transfigure les êtres jusqu'à les rendre surnaturels. Elle a dû se sentir parfois épiée ; s'il me prend l'envie de veiller en sa compagnie, elle devient maussade et me supplie silencieusement du regard de la laisser seule. Craint-elle de perdre le fil de ses rêveries ? Difficile de saisir ce qui peut rôder en elle.

— Le jour est fait pour voir, la nuit pour entendre ! m'a-t-elle répondu laconiquement la seule fois où j'ai tenté subtilement de la faire parler.

Ces longues heures de ténèbres n'appartiennent qu'à elle. Je suis convaincu qu'elle n'a jamais accordé à qui que ce soit le privilège de les partager. La nuit est son univers. Les heures les plus noires, surchargées d'astres, favorisent ses soliloques. Un versant d'elle-même accueille une vie seconde, brûlante, féconde. Il y a deux Saga : l'une diurne, joyeuse, rieuse, et l'autre nocturne, mystérieuse, insaisissable. Elle vit deux fois le monde qui l'entoure : la manière commune à tous, celle de la lumière des apparences visibles, et l'autre, où elle se retire profondément en elle, dans des épaisseurs sèches et noires.

Que mijote-t-elle durant toutes ces heures ? Elle a dévoré des centaines de livres et appris neuf langues. Elle entend un mot une fois et celui-ci se grave dans sa tête. Elle est possédée par le génie des langues. Sa mémoire tient du prodige. J'ai remarqué que son esprit garde une empreinte exacte d'infimes détails de la vie.

À mon réveil, dans la lueur d'une aube mal assurée, elle est là, enveloppée d'un indéfinissable brouillard. Mais à mon grand étonnement, dès qu'elle reprend pied, je la retrouve fraîche et dispose, prête à commencer une nouvelle journée. En dissolvant les ombres, la lumière du petit jour la ramène à sa nature humaine.

— Je me sens vieille, a-t-elle soufflé un jour. Cent ans, mille ans !

IV

23 janvier 1973

J'écris dans la nuit. Pas dans la nuit réservée à la torpeur ni dans l'enveloppe de cette obscurité boréale mais dans celle du chaos. La tourmente de la lave en fusion projetée vers le ciel.

Ce matin à sept heures, je dormais, véritable loir au creux de son arbre ! J'étais fourbu. La veille, j'avais travaillé à charger à bord d'un navire des caisses de poissons congelés. Ce petit boulot m'assure la sécurité matérielle. Saga m'a réveillé d'un simple mouvement de la main. Lorsque je me suis redressé, elle a mis son index devant sa bouche, m'indiquant de rester silencieux. Elle fixait le poste de radio comme si elle lisait sur les lèvres de quelqu'un pour ne rien manquer. Plusieurs personnes parlaient en même temps. Des bruits d'explosion entrecoupaient les voix.

Assise au milieu du lit défait, Saga avait l'air sidérée par les nouvelles. Tout était en islandais, mais j'ai brusquement perçu une agitation incompréhensible dans le ton des conversations qui se croisaient! Elle a monté le volume.

— Une éruption volcanique.

— Une éruption volcanique? Où? Quand?

— Attends! Laisse-moi écouter, a fait Saga, saisissant machinalement une de ses chaussures qui, au hasard de l'habituel désordre, vagabondait cette fois sur le lit. C'est incroyable! Cinq mille! Ils finissent d'évacuer de l'île cinq mille personnes!

— Mais qu'est-ce qui se passe?

— Dans l'île de Heimaey, un volcan est entré en éruption peu après minuit.

— L'île de Heimaey? C'est où ça?

Subitement j'ai imaginé une coulée de lave inondant les rues de Reykjavík et pénétrant dans les maisons.

— Bien sûr, il faut que je te situe. Il y a plusieurs petites îles au large de l'Islande. Heimaey se trouve à une dizaine de kilomètres de la côte sud et c'est le seul port de pêche dans cette partie du pays. C'est une catastrophe terrible ! Te rends-tu compte ? Aucune éruption ne s'est produite sur cette île depuis six mille ans. Ce volcan est considéré comme éteint.

De la radio nous parvenaient des informations auxquelles je ne comprenais rien. La situation semblait confuse : des gens se coupaient la parole. Les détonations se succédaient. Je voulais savoir, je pressais Saga de questions. Elle traduisait simultanément ce qu'elle entendait. Pourtant j'insistais : tout m'échappait. Impatientée, Saga m'a rabroué.

— Écoute, je fais ce que je peux. C'est la pagaille là-bas, moi aussi j'essaie de comprendre.

« Les gens de la radio ont joint par téléphone les deux types qui surveillaient les sismographes au moment de l'éruption, a continué de traduire Saga, du même souffle. Dès le début de la soirée d'hier, les techniciens ont enregistré des secousses. Ils se sont doutés qu'une menace planait : la terre tremblait trop et les instruments de mesure indiquaient une activité inhabituelle. Les tremblements de terre se sont multipliés jusqu'à deux heures. Ils savaient que, tôt ou tard, une explosion se déclencherait quelque part. Mais où ? Personne ne pouvait le dire. Le lieu le plus probable se situait en pleine mer et ne représentait aucun danger. Ils n'ont pas suffisamment bien évalué les risques pour l'île de Heimaey. Remarque, ça ne devait pas être facile. Je n'aurais pas voulu me trouver à leur place. »

Elle racontait avec fièvre. J'attendais d'en savoir plus long, immobile, les yeux dans le vide, totalement livré aux images qui déferlaient.

— C'est un capitaine de bateau qui parle, maintenant, a continué Saga. Son islandais est difficile à comprendre. Il raconte que, par chance, soixante-dix navires étaient ancrés au port, retenus depuis la veille par des vents de tempête. À la faveur d'une accalmie, vers deux heures et demie du matin, la flottille a fait la navette de l'île jusqu'au port de Reykjavík. Les gens sont restés calmes et n'ont pas paniqué. En ce moment, ils finissent d'évacuer les derniers habitants. L'électricité a été coupée. L'île est éclairée par un rideau de feu.

Je ne quittais pas Saga des yeux. Elle tenait son soulier serré, comme le seul objet précieux à emporter ! Elle traduisait à mesure que les témoignages nous parvenaient par la radio.

— Une dame a entendu du bruit, une sorte d'explosion. Lorsqu'elle s'est approchée de la fenêtre, elle a vu une lumière rougeoyante. Une fontaine de lave et de cendres a jailli à une vingtaine de mètres dans le ciel. Elle a été terrorisée.

« La dame raconte que les carreaux vibraient. Elle a eu conscience du danger et a couru pour s'éloigner du feu au plus vite. Les gens ont évacué précipitamment leurs maisons. Pendant que tout le monde se rassemblait un peu plus loin, elle s'est arrêtée pour reprendre son souffle. Jusque-là, elle n'avait pas voulu se retourner. Elle était affolée en pensant à ce qu'elle laissait dans cette maison où elle avait passé toute sa vie. Soudain, elle a fait volte-face.

« À ce moment-là, six fontaines déversaient leur lave, menaçant de plus en plus sa demeure. Et le pire est arrivé. La terre a tremblé comme si une force extérieure tentait de retirer le tapis sous ses pieds. La fissure s'est agrandie, puis une énorme boule de feu est apparue dans le ciel, éclairant l'île d'un faisceau de lumière. »

Le commentateur a expliqué que la boule de feu s'était écrasée sur sa maison et l'avait fait disparaître en une seconde. La dame a alors compris qu'elle venait d'assister à la naissance d'un volcan.

J'ai saisi la main de Saga et je l'ai entraînée hors du lit. Maintenant, je savais parfaitement comment réagir.

— Viens, on s'en va sur le quai.

L'arrivée au port. Tout était gris sous la bruine chargée de poussière, les couleurs avaient disparu. Des halos enveloppaient les lampadaires.

Dans la ronde des ambulances, des voitures de police et des camions de pompiers, on se serait cru sur les lieux d'une catastrophe planétaire. Une atmosphère agitée et tendue régnait sur le quai. La population entière semblait s'y être donné rendez-vous. Chacun s'affairait pour rendre service. Il fallait abriter les cinq mille personnes brutalement jetées hors de leur foyer.

Un immense mouvement de solidarité s'était mis en place pour les reloger rapidement et chacun a ouvert sa porte. On installait des gens dans les sous-sols, dans les pièces inoccupées, et l'on s'entassait à cinq ou six dans une chambre. Vivre durant des siècles sur une île isolée en plein milieu de l'océan rend les gens aptes à faire face à n'importe quelle situation.

Saga et moi aidions autant que nous le pouvions. Mon amie savait se montrer sécurisante. Était-ce à cause du feu qui brillait dans ses yeux ? ou du timbre chaleureux de sa voix ? Chacun semblait tout de suite rassuré.

Ce premier matin de la catastrophe, elle s'est occupée de rescapés abrités dans une église. Une dame assise sur un banc se faisait raser les cheveux.

— Que vous est-il arrivé ? lui a demandé Saga.

— En quittant l'île à bord d'un chalutier, j'ai vu dans l'eau noire une lueur d'un rouge incandescent, a répondu la dame, ébranlée. J'ai cru percevoir la réflexion du volcan. Mais, en regardant attentivement, j'ai vu le feu se répandre par une fissure sous-marine. Je savais que la lave menaçait de jaillir d'un instant à l'autre. Avant que j'aie eu le temps de réagir, une détonation s'est produite. Une bombe éclatait. Le bateau s'est quasi fracassé sous l'impact et a failli chavirer ! Les gens ressemblaient à des marionnettes, des jouets entre les mains de Njord[3] lui-même !

« Sous l'effet de l'explosion, l'eau et la lave se sont envolées en une poussière vitrifiée qui s'est abattue en pluie, a-t-elle poursuivi. J'aurais pu avoir la tête brûlée. Mes cheveux sont remplis de ces particules impossibles à déloger. Il faut les couper ! Malgré tout, les dieux devaient vraiment veiller sur nous. »

---

3. Dieu de la mer dans la mythologie scandinave.

Pour moi, c'était le choc. Je me sentais utile ! L'événement donnait brusquement un sens à ma vie. En aidant les Islandais en détresse, je passais du monde des idées à la réalité de l'existence, rude certes, mais riche de la rencontre de l'autre.

V

25 janvier

Depuis le moment où elle avait débuté, deux jours auparavant, l'éruption ne manifestait aucun signe de ralentissement. Au contraire. Les habitants de l'île de Heimaey ne pouvaient donc pas envisager d'y retourner à brève échéance. Il s'avérait indispensable de mettre rapidement en place des structures d'accueil plus efficaces pour une durée indéterminée. Avec les gens de Reykjavík, nous avons travaillé pendant dix-sept heures d'affilée sans nous en rendre compte. Curieusement, nous ne sentions pas la fatigue.

Pourtant, au retour, Saga s'est assise sur le lit pendant que je lui servais une bière.

Lorsque je me suis retourné pour lui tendre le verre, elle s'était endormie. Je l'ai déshabillée doucement, tout doucement. J'ai massé ses pieds. Ses cheveux sentaient la cendre. J'ai effacé de son visage la poussière qui s'y était posée. Ce masque enlevé, je l'ai regardée dormir.

Je n'ai jamais osé lui demander par la suite si elle dormait vraiment.

▲ ▲ ▲

Saga et moi n'avons pris que quelques heures de repos. Alors que nous retournions au port, un type hurlait dans un porte-voix :

— Toutes les personnes disponibles sont invitées à se joindre aux équipes d'intervention qui partent vers l'île.

En fait, ils avaient besoin de tout le monde. Il fallait transporter les bêtes avant que l'air de l'île ne devienne irrespirable et mettre le maximum de biens matériels à l'abri du désastre. Des habits de pluie, des casques protecteurs et des masques étaient distribués aux gens prêts à embarquer.

— Je te servirai d'interprète, a murmuré Saga à mon oreille, alors que nous venions de nous installer sur le pont d'une embarcation, à l'abri du vent.

Je savais que cette mission serait dangereuse, mais ni Saga ni moi n'avions peur. Un vrai baptême du feu ! Et quel feu !

Pendant la traversée entre Reykjavík et l'île de Heimaey, nous pouvions le voir jaillissant au loin. Des jets de lave rouge et de cendres noires bigarraient le ciel ; on aurait dit un immense feu d'artifice. À des kilomètres d'altitude, la fumée s'élevait en volutes. Défiant les bourrasques de cendres mêlées à la pluie qui tombait en crachin, les bateaux s'approchaient de l'île de Heimaey.

L'étroitesse de l'entrée du port ajoutée à une visibilité presque nulle forçaient les pilotes à circuler très prudemment. Les sirènes de bateaux hurlaient pour signaler leur présence. Une fine poudre noire recouvrait la ville agglutinée autour du port. Moins de deux kilomètres à l'est, l'éruption faisait rage.

Nous n'en étions pas encore à lier connaissance avec les autres membres de l'expédition. Les visages de certains semblaient fermés, durs. D'autres reflétaient l'étonnement. Chez quelques-uns la peur se lisait d'emblée. Ceux-là s'isolaient du groupe. Il valait mieux les éviter pour ne pas se laisser gagner par leur angoisse.

En un temps record, les spécialistes et les techniciens avaient équipé le port d'une infrastructure logistique. Les géologues et les ingénieurs avaient branché des générateurs et connecté les appareils de mesure et de télécommunication. Les pompiers et les médecins ont alors monté des antennes de secours, et une cafétéria a été aménagée dans les usines portuaires ainsi que des dortoirs de campagne. Le premier souci des volontaires était le sauvetage du bétail.

Les moutons éparpillés dans la lande erraient, affolés.

— En sortant de chez moi vers quatre heures, a rapporté un homme, j'en ai vu une douzaine suivre un bélier qui s'est précipité dans les flammes.

— Hypnotisées, les pauvres bêtes se sont élancées vers la lave, les unes derrière les autres, avant de se volatiliser, a continué un autre homme qui avait lui aussi assisté à ce surprenant rituel, se demandant s'il n'avait pas rêvé. Évacuons le reste du bétail pour lui éviter le même sort. Le rougeoiement les attire.

Il a fallu deux jours pour rassembler les moutons dans les enclos improvisés où ils bêlaient de détresse. Les hurlements ajoutés aux bruits d'explosion et de sirènes formaient un tintamarre.

Le vent tournait peu à peu. Une tempête de cendres commençait à s'abattre sur la ville.

— C'est quand même incroyable de voir tout ce que le volcan peut projeter en une seule minute! ai-je dit à Saga. À ce rythme, j'ai l'impression que l'île va bientôt être ensevelie. Le pire, c'est cette poussière de petits cailloux qui tourbillonne. Une tornade de sable! Ça brûle et ça coupe.

— Tant que le vent emportera la plus grande partie vers la mer, il n'y aura aucun problème, a-t-elle répondu. Mais à cette période-ci de l'année, le vent dominant souffle de l'est. Ce n'est qu'un répit, il tournera tôt ou tard.

Des pêcheurs revenus sur l'île s'étaient joints aux différentes équipes. Leur sang-froid et leur connaissance du terrain constituaient une aide précieuse. Des groupes s'étaient organisés spontanément. Saga et moi faisions partie d'une équipe préposée au dégagement des entrées de maisons.

Cependant, il devenait nécessaire de trouver un responsable pour coordonner les différentes opérations. De l'avis unanime, un nom s'imposait entre tous, celui de Thorbjörn Sigurgeisson, un volcanologue accompli.

— C'est aussi un meneur d'hommes. Courageux et méthodique, il sait prendre des décisions. Un gars réputé pour ses idées originales et audacieuses, a précisé Saga. Il a étudié dans les grandes universités d'Europe et d'Amérique. C'est un homme à l'esprit clairvoyant et doué d'un savoir prodigieux. Si je ne me trompe pas, il a été membre de l'équipe de scientifiques qui ont suivi l'éruption de Surtsey.

— Comment ? Surt… ?

Saga m'a regardé avec étonnement et s'est immédiatement rendu compte que je ne pouvais pas comprendre.

— Un jour, en 1963, des pêcheurs remontaient leurs filets quand ils ont aperçu de la vapeur qui s'élevait de l'eau en provoquant un gigantesque bouillonnement. Une faille dans la croûte terrestre venait de se produire : un volcan était né dans la mer. Un combat de titans s'est engagé entre les éléments. La lave a fini par jaillir. Elle venait durcir en surface, un îlot apparaissait alors et l'eau le nivelait. Il surgissait à nouveau, les vagues de l'Atlantique l'aplanissaient aussitôt, jusqu'à ce que les forces volcaniques prennent le dessus et forment, après plusieurs semaines, une île assez grande pour résister à la furie de l'océan.

— C'est ce dont tu parlais ?

— Oui ! On a appelé cette île « Surtsey », mot qui vient de « Surtur », le dieu du feu chez nous. Tu vois, les scientifiques du monde entier se sont passionnés pour ce phénomène tout à fait exceptionnel. Ils sont accourus pour observer à une échelle réduite la formation des continents. Cette éruption n'a fait aucune victime. Tu comprends pourquoi les deux volcanologues hésitaient à donner l'alerte à Heimaey. Si l'éruption se produisait en pleine mer, comme à Surtsey, aucun danger n'était à craindre. Mais ce n'est pas le cas ici !

J'écoutais en travaillant et j'avais de la cendre jusqu'aux cuisses. La pelle se maniait mal et j'en étais venu à utiliser un seau. Je ne sentais plus mes bras.

Les tâches des prochains jours s'annonçaient ardues. Il fallait visiter chaque maison, la vider de son contenu et transborder ce matériel sur les bateaux. Puis barricader portes et fenêtres et couvrir les toits à l'aide de tôles. De surcroît, dormir tout habillés, prêts à bondir à la moindre alerte…

Au port, les usines à poisson transformées en cafétéria et en dortoirs assuraient un minimum de services aux différentes équipes d'intervention. Une semaine après l'éruption, les animaux avaient tous été évacués et il ne restait plus que des volontaires dans l'île. Tous avaient travaillé à la limite de leur capacité.

Pour nous échapper ce soir-là, Saga et moi, nous nous sommes baladés près des champs de lave. Les entrailles tourmentées de la terre pleuraient de minces coulées brûlantes. En passant près d'un ruisseau de feu, nous avons senti la chaleur de la matière en fusion. Saga s'est immobilisée et a lentement détaché sa blouse, offrant sa poitrine au rayonnement incandescent. Impossible de savoir quelles étaient ses pensées. On aurait dit que des réminiscences la hantaient… Inutile de poser des questions, elle ne répondrait pas.

Debout derrière elle, je glissais doucement mon nez sur sa nuque. Jamais je n'avais senti le sang affluer à mes tempes avec autant de puissance. Saga a saisi mes mains glacées qu'elle a posées sur ses seins brûlants. Au contact, elle n'a pu retenir un cri. Mes mains ont laissé une empreinte sur sa peau rougie. Nous sommes demeurés silencieux… rien d'autre n'avait de réalité que ce cri, qui n'en finissait plus de se répercuter.

▲ ▲ ▲

Le lendemain matin, Saga est entrée précipitamment dans le dortoir des hommes pour réveiller tout le monde.

— Une tempête commence à souffler. Elle vient de l'est, ça peut être dangereux.

Thorbjörn s'est adressé à nous avec une énergie décuplée.

— Il faut charger les engins mécaniques sur les bateaux. Nous embarquons tout ce que nous pourrons. Les gens d'ici risquent de ne plus jamais retrouver leur maison. Endossez vos équipements de sécurité et portez vos masques.

Surmontant la fatigue, les équipes se sont partagé le travail, démontant la machinerie ou rassemblant le matériel avant d'en assurer le chargement.

Déjà éprouvante, la mission exigeait de plus en plus une endurance hors du commun. Saga tenait le coup. Par moments, j'étais inquiet pour elle. Comment pouvait-elle supporter tout ce surmenage ? Par ses compagnes de dortoir, j'avais appris qu'elle dormait toujours aussi peu. Nous n'avions guère de temps pour nous. Quelques mots échangés ici et là, tout au plus un geste de tendresse au moment des rares pauses.

La force du vent s'intensifiait, les masques suffisaient à peine et les rafales poussiéreuses s'infiltraient par les moindres interstices. La ville se recouvrait d'un épais manteau de cendre. La situation se dégradait de minute en minute. À dix-sept heures précises, Thorbjörn a donné l'ordre d'évacuation.

À peine le temps de récupérer nos sacs, nous nous sommes précipités vers les bateaux. En courant, j'ai trébuché. Saga m'a agrippé par le bras et m'a tiré vivement. J'avais frôlé une grosse pierre fumante.

— Un boulet de feu ! Je l'ai échappé belle !

Sur le pont, les passagers suffoquaient. Les cendres s'accumulaient sur le navire.

— Jetez-moi cette bouillie par-dessus bord, a hurlé le capitaine ! Le bateau ne doit pas s'alourdir davantage.

Et tous de s'acharner, qui à la pelle, qui à la main, pour balancer la cendre à la mer.

Le retour à Reykjavík a été pénible. En onze jours, nous nous étions attachés à cette île comme à une terre qui nous aurait vus naître. Nous ne pouvions accepter l'idée qu'elle puisse disparaître. S'accrochant aux rares repères encore visibles entre les vagues, Saga cachait mal son désarroi.

VI

5 février

De retour à Reykjavík, Saga et moi, exténués, étions incapables d'accomplir la moindre tâche. La vie quotidienne nous paraissait sans intérêt. Notre âme était restée à Heimaey.

J'ai sombré dans un sommeil proche du coma. Vingt-quatre heures durant. À mon réveil, Saga était penchée sur mon visage. Je suis sûr qu'elle lisait mes pensées et devinait mes rêves.

Sans doute s'était-elle d'abord plongée dans la lecture. Puis, le bouquin était tombé, inutile. J'ai dû dormir enveloppé de la caresse de son regard, le poing refermé et posé au bord de l'oreiller.

Plusieurs fois déjà, je m'étais réveillé soudainement et, ouvrant les yeux dans la nuit, je surprenais Saga qui veillait sur mon sommeil comme un rayon de lune apaise et éclaire.

Après ce que nous venions de vivre, il était impossible à Saga de retourner travailler au café. Debout à la fenêtre de sa mansarde, il lui arrivait de passer des heures à attendre le repos du vent. Perdue dans cette vacuité, elle regardait ses mains rendues calleuses par le dur pelletage des derniers jours. Elle rageait à la pensée du vent charriant de pleins nuages de cendre et finissant d'ensevelir la ville. Le gigantesque tapis noir qui recouvrait l'île l'obsédait. Qu'était devenu cet îlot qui ne représentait rien dans sa vie quelques semaines auparavant ? Je partageais sa fièvre, gagné par la même quête impérieuse.

Sans nous l'avouer, Saga et moi attendions avec impatience un second départ vers l'île avec l'équipe de Thorbjörn. Rien d'autre n'existait plus. Le vent s'était calmé, mais un souffle autrement intense nous poussait vers Heimaey.

VII

13 février

De nouveau, le bateau nous a emportés vers l'île de Heimaey. Saga était plus belle que jamais. Elle semblait en pleine forme. Après huit jours d'attente et de désœuvrement, je la sentais revivre. Elle avait retrouvé les autres volontaires comme on retrouve une famille.

Par toutes sortes de détails et des bribes de conversation que je commençais à comprendre, je prenais la mesure du souffle puissant des Islandais. J'entendais fréquemment Saga et les autres répéter une phrase qui résonnait comme un leitmotiv, une sorte de cri de ralliement : « Même si l'eau est de glace, il faut nager jusqu'au bout ! »

Et tous se mettaient à rire, leur ardeur soudain quintuplée.

Le sens de cette formule magique m'échappait. J'ai interrogé Saga pendant un moment de tranquillité sur le pont du bateau. Et pendant les deux heures de la traversée, elle m'a raconté l'histoire de Gudhlaugur :

— Tu sais, chaque année, en moyenne vingt-cinq marins meurent naufragés. Depuis toujours, en Islande, nous avons dû accepter de payer ce lourd tribut à la nature. La mer donne beaucoup, mais elle prend aussi. Des hommes. Tout le monde connaît les risques de s'embarquer sur les eaux de l'Atlantique Nord. Les vents violents, les courants marins et les hauts fonds rendent la pêche périlleuse. Il y a quelques années, au mois de mars, un bateau d'une vingtaine de mètres de long a fait une sortie, bien équipé, manœuvré par un équipage de quatre marins et dirigé par un capitaine expérimenté. Vers vingt-deux heures, le sonar a indiqué une lave rugueuse à une faible profondeur. Les filets se sont accrochés. Le capitaine n'a été nullement dérangé par cet incident qui n'avait rien d'inhabituel. Il a mis le treuil en marche pour remonter les filets. Que s'est-il passé exactement, on ne le sait pas. Toujours est-il que les câbles se sont effilochés et se sont enroulés sur l'arbre du moteur. Trop tard pour couper le courant. Les machines n'ont pas cessé de fonctionner. Le bateau s'est enfoncé dans l'eau jusqu'à ce que le moteur s'étouffe de lui-même après avoir fait basculer le vaisseau. Du coup, l'embarcation de secours s'est trouvée retenue sous l'eau. Trois hommes sont parvenus à se hisser sur la quille du bateau renversé.

— N'y avait-il pas d'autres canots de sauvetage ? ai-je demandé.

— Non. Rien. Le bateau s'était retourné sur lui-même, coinçant tout le matériel en dessous, a poursuivi Saga. Température de l'eau : deux degrés Celsius. Celle de l'air : moins un. Les naufragés ont attendu de l'aide pendant trois heures puis, condamnés à mourir gelés, ils ont décidé de nager en direction d'un phare, seule lumière perceptible dans l'obscurité. Après quelques minutes seulement dans l'eau glacée, un des trois hommes a coulé. Les deux autres, le capitaine Hjortur Rosmann Jonsson et Gudhlaugur Fridthorsson, ont continué à nager tout en s'obligeant à poursuivre une conversation. Puis Gudhlaugur n'a plus reçu de réponse : le capitaine venait à son tour de disparaître. Le survivant n'a pas cessé de parler, mais cette fois il s'adressait aux oiseaux de mer qui volaient par bandes au-dessus de lui !

— Pourquoi ?

— Pour se raccrocher à ses propres pensées, à des mots, des phrases. Il savait que la confusion mentale est le premier symptôme de l'hypothermie. Il a nagé sur le dos pendant un certain temps mais, pour ne pas perdre trop de chaleur, il s'est remis sur le ventre et il a nagé pendant six heures. Cinq fois plus longtemps que ne pourrait le faire l'humain le plus résistant dans les mêmes conditions.

« Il a alors réussi à s'approcher d'une île. Mais les vagues le ballottaient, et l'obscurité l'empêchait de trouver un endroit propice pour aborder. Entre les falaises battues par la mer, le nageur a enfin pu découvrir un endroit où sortir de l'eau. Il a marché pieds nus sur de la lave tranchante et rugueuse et, après avoir perdu beaucoup de sang, il a atteint un pâturage où il a cassé la glace d'une auge à moutons pour boire de l'eau. Au matin, neuf heures après le naufrage, il est finalement arrivé à une maison et s'est écroulé devant la porte. Le médecin qui l'a examiné ne trouvait pas le pouls, et sa température était trop basse pour être enregistrée par un thermomètre médical.

— Il est mort là ? Après s'être débattu aussi longtemps ?

— Non, il s'en est miraculeusement sorti. D'ailleurs, on l'a fait parler de sa « baignade » pour savoir ce qui se passait dans la tête de quelqu'un dans une situation pareille. Il a raconté que, plus il nageait, plus il avait l'impression de tomber, comme une pierre, dans une sorte de trou noir, comme dans la mort. Il a ajouté que, si c'était cela la mort, elle n'avait rien de silencieux. Gudhlaugur s'était senti emporté dans une avalanche sans fin, abasourdi par le déferlement des vagues.

« Un an plus tard, les médecins du prestigieux London Hospital l'ont mis en observation. Ils doutaient de son histoire. Ils croyaient à une supercherie. Après lui avoir branché des électrodes en quantité, ils l'ont installé dans un bassin d'eau à deux degrés. Au bout d'une heure de barbotage dans cette piscine improvisée, Gudhlaugur a demandé ironiquement qu'on lui apporte une télévision ! Et il est resté cinq heures dans l'eau !

« Le médecin a conclu que cet individu de deux mètres et pesant cent quarante-cinq kilos avait été protégé par la graisse sous-cutanée de son corps qui l'avait isolé à la manière d'un phoque.

« Très jeunes, a poursuivi Saga, on apprend que la valeur des humains est inscrite non seulement dans les légendes et les récits mythiques mais aussi dans des histoires véridiques, comme celle que tu viens d'entendre. C'est par une telle initiation à la vie que tout prend son sens. La mythologie, l'interprétation des récits, même les contes de fées traduisent une vision du monde qui nous aide à construire notre identité. Grâce à ces expériences, nous vivons les épreuves d'abord dans notre imaginaire. De cette façon, chacun se prépare au rude combat de la vie.

« Nous sommes des êtres de chair et de sang, et notre âme s'abreuve au courage des anciens, de la même manière que nous puisons l'énergie géothermique dans les profondeurs de la terre.

« Pour revenir à cette histoire de naufrage, j'ajouterai que nous avons appris à nous identifier à nos ancêtres. Ceux qui ont affronté les pires dangers ont accepté sans broncher les plus âpres destins. Car, pour fonder cette île, des Vikings ont bravé la mer afin d'échapper aux guerres et aux invasions. C'est à cette source que s'alimentent la persévérance et l'intrépidité des Islandais. Lorsqu'on écoute les récits des autres, on peut apprendre ce qu'ils sont, ce qu'ils ont à partager. On tend ainsi à se découvrir soi-même, ce qui est la première condition pour comprendre les autres et se motiver à agir. »

Le récit de Saga apportait une réponse à bien des questions diffuses qui m'avaient préoccupé longtemps. Elle, consciente de la gravité de ses propos, a éclaté de rire.

— C'est fou ce que je peux te raconter, tu ne trouves pas ?

— Saga, tu es une fine conteuse. J'adore ta façon de présenter la vie et la lutte contre la mort à travers l'histoire de Gudhlaugur.

— C'est toi qui m'inspires, Christophe. Il y a des choses que je n'ai évoquées avec personne d'autre. Je te parlerais pendant des heures. Quand je suis seule, je pense à tout ce que j'aimerais te confier...

J'étais touché. Je savais que ce récit ferait à jamais partie de mes souvenirs personnels. En me l'offrant, Saga m'avait permis d'ouvrir un dialogue avec le côté inconnu de moi-même, le plus mystérieux – la face insondable des choses... Son récit me renvoyait à ma propre histoire et à mon enfance hantée par des légendes qui chantaient aussi le courage des pionniers et l'invention des anciens.

▲ ▲ ▲

À la demande de Thorbjörn, le capitaine du bateau avait fait un détour en direction de la pointe nord-est de l'île pour évaluer la situation. Thorbjörn est revenu de sa reconnaissance sur les lieux sinistrés avec un rapport accablant. Nous étions consternés.

Nos efforts de déblaiement lors du premier séjour avaient été réduits à néant. La pluie mêlée à la cendre composait une purée épaisse qui bouchait la vue. Certains toits chargés de matière volcanique alourdie par l'eau menaçaient de céder. D'autres étaient déjà effondrés.

Nous n'avons échangé aucune autre parole jusqu'au moment de l'amarrage. La situation s'avérait peu reluisante. Une nouvelle mission s'imposait : sauver tout ce qui pouvait encore l'être ! Lorsque nous avons accosté, le port semblait minuscule. Au-delà des quais, les usines à poisson précédaient les habitations protégées par un ancien rempart de lave. La partie résidentielle de l'île tenait dans un mouchoir de poche : quatre kilomètres carrés tout au plus. Mais un si petit espace paraît énorme lorsqu'on doit dégager chaque parcelle de terrain à main nue.

Tous se sont mis à l'œuvre sans tarder. Des maisons, n'émergeaient que les pignons.

Le toit de l'hôpital et l'arche d'entrée du cimetière se dressaient comme deux tristes balises. Cinq à huit mètres de cendre comblaient les rues de la ville. Les véhicules motorisés se frayaient péniblement un chemin parmi les habitations momifiées.

Avec une douzaine de compagnons, Saga et moi étions mobilisés plus au sud de l'île pour niveler une piste d'atterrissage de secours. Ce travail monotone avançait lentement. Nous progressions en ligne, mécaniquement.

▲ ▲ ▲

Au bout d'une semaine, Thorbjörn nous a enfin accordé un jour de repos. Ce soir-là, nous avons gravi la colline en face du volcan. Sur un bloc de lave tiède, Saga s'est blottie contre moi, écoutant mon souffle. Elle a saisi ma main, y a posé un baiser sans poids, avant de s'en caresser le visage.

Des arabesques de feu fusaient de la gueule du volcan. Des fleurs de flammes couraient en procession sur ses pentes abruptes et embrasaient les nuages roulant dans la noirceur de la nuit. On aurait dit que là-bas, derrière le brasero de Vulcain, finissait le monde. Lovés l'un contre l'autre, nous vivions un instant hors du temps.

VIII

21 février

Dans cet enfer de chaleur étouffante entremêlée de bourrasques de vent glacial, nous étions coincés entre le feu et la froidure. Il fallait déblayer sans relâche. Alors que nous tentions de sauver un bâtiment, un camion s'est enlisé dans une maison enfouie sous les débris volcaniques ; ceux-ci étaient sur le point d'engloutir véhicule et chauffeur, mais une corde, lancée à toute vitesse, a aidé ce dernier à s'échapper de ce tombeau. Cet accident nous a servi de leçon : nous avons aussitôt planté des tiges de signalisation autour des emplacements présumés des habitations.

Chaque jour apportait son lot de diffi-
cultés et d'imprévus. Au défi de la nature,
nous opposions une ferme résolution de
sauver notre île. Le volcan ne nous ensève-
lirait pas.

Nous travaillions à la chaîne. Les uns
pelletaient pour dégager les toitures et atté-
nuer le risque d'écroulement des maisons.
Les autres évacuaient cendre et scories pour
faciliter la circulation des engins motorisés.
Plus loin, un groupe élevait une digue afin de
faire rempart contre la progression de la lave.

Des tonnes de cendre pesaient sur l'hôpital. Un grutier manœuvrait pour jucher
un petit bulldozer sur le toit. Au maximum
de la tension, les câbles encrassés ont grincé
de manière inquiétante. Une fois l'engin
posé, le conducteur a grimpé dans la cabine.
Tous craignaient de le voir s'engouffrer.

— Regarde bien, Christophe, m'a dit
Saga, Vladimar va hisser sa nouvelle ban-
nière.

Ce Vladimar avait fabriqué un drapeau
de pirates avec une tête de mort. C'était sa
manière à lui de conjurer le sort...

▲   ▲   ▲

Les situations de catastrophe suscitent
des comportements imprévisibles. Un soir,

alors que tous regagnaient les abris, un des habitants de l'île, Thorleifur, était revenu sur ses pas et refusait de quitter sa maison. Il dégageait la fenêtre du salon. Natif de l'île, il avait choisi de rentrer chez lui. « Je partirai quand le temps sera venu », martelait-il !

— Souhaitons que sa caverne ne se transforme pas en mausolée, ai-je marmonné.

Le choix calme et déterminé de cet homme dans la tourmente m'a bouleversé. En un éclair, j'ai ressenti la réalité quotidienne des Islandais : la mer réclame son tribut, le vent dévaste l'eau et la terre, les volcans asphyxient et anéantissent tout. L'eau, l'air et le feu, bienfaits de la nature, explosent ici en un courroux mortel.

Gudhlaugur luttant contre la mer, le chauffeur englouti dans la cendre, Thorleifur défiant le volcan, une poignée d'Islandais bravant dangereusement le déchaînement de la nature. À qui le tour, demain ?

J'étais parti sur les chemins de l'aventure pour découvrir le monde et danser avec la vie. Et voilà qu'à la première escale le spectre de la mort était au rendez-vous.

Soudain, j'avais peur. Peur de l'anéantissement. Peur de perdre Saga.

— Comment pouvez-vous vivre ici en vous colletant sans cesse avec la mort ?

Surprise par ma question, elle a dû s'apercevoir de mon désarroi. Pendant que nous retournions au réfectoire, elle m'a décrit le caractère des Islandais. En particulier, elle a évoqué leur capacité de foncer tête baissée vers le danger, portés par leur esprit naturel d'entraide et de solidarité, en défiant les réflexes de survie. Elle racontait leur détermination, qui frise l'inconscience, et leur volonté d'aller toujours plus loin, ensemble. Parce que chaque jour apporte son coin de ciel bleu.

Les yeux levés vers moi, se hissant sur la pointe des pieds, elle a posé un baiser d'oiseau sur mes lèvres.

J'étais secoué.

Et ce soir-là, dans le dortoir des hommes, j'ai cherché à mettre de l'ordre dans mes idées. Cette situation périlleuse sur l'île. Le comportement exceptionnel des gens, héros anonymes d'une aventure incertaine. Et surtout Saga... Pourquoi cet amour si soudain, si fort ? Pourquoi moi ? Jamais je ne m'étais senti aimé aussi passionnément.

IX

26 février

Ce matin, un géologue est arrivé précipitamment de son poste d'observation.

— Malheur ! Depuis minuit, le flot de lave a changé de parcours et coule en direction du port, a-t-il lancé, essoufflé. Une vraie rivière ! À quatre heures, une explosion a pulvérisé dans le ciel des tonnes de téphrite, des débris volcaniques de toute sorte.

Un silence funèbre planait.

La nouvelle a terrassé le moral des troupes. Chacun savait l'impossibilité de lutter contre un déversement de lave. Différentes tentatives avaient déjà prouvé l'inutilité de tels efforts. Il ne restait qu'à se résigner, à courber l'échine devant la nature déchaînée.

Mais certains relevaient déjà la tête. Nous en avions trop fait jusqu'à présent pour accepter la capitulation. Dix minutes plus tard, nous avions rejoint l'équipe des femmes à la conserverie, devenue le quartier général de Thorbjörn.

— J'ai évalué à cinq millions de tonnes la masse en mouvement, disait celui-ci. À ce rythme, dans moins de deux semaines, le port sera bloqué.

L'entrée du havre était protégée des forts vents de l'Atlantique par une falaise qui constituait un brise-lames plus efficace que tout ce que l'homme aurait pu construire. Cette protection naturelle avait plus d'une fois sauvé la flottille de bateaux de pêche. Mais si la lave arrivait jusque-là, l'étroite entrée du port serait bloquée.

Debout au milieu des tables du réfectoire, Thorbjörn a repris avec conviction :

— Il faudrait pomper l'eau de mer et la déverser sur la lave.

Les réactions ont fusé. Incrédules, certains répliquaient : « Ce n'est pas sérieux ! On ne va pas se mettre à arroser la lave ! »

Mais plus rien n'aurait arrêté Thorbjörn :

— À Surtsey, on a constaté que la lave était immédiatement freinée en atteignant la plage, où elle durcissait au contact de l'eau. Le flot de lave contournait alors ce mur résistant et il longeait la côte. Assurément, on ne réussira jamais à pomper assez d'eau pour créer le même effet que la mer. Mais l'idée, c'est de refroidir suffisamment le front de lave en abaissant légèrement la température pour lui faire prendre une autre direction que celle du port. Je sais qu'en Italie, lors d'une éruption du Vésuve, ils ont déjà tenté de stopper l'avancée de la lave et de la détourner en poussant la terre, mais les résultats n'ont pas été concluants. À Hawaii, ils ont bombardé à coups de missiles le flanc d'un volcan dans le but de faire couler la lave du côté opposé ; là aussi, un échec. Mais on n'a rien à perdre. Une tentative de ce genre n'a jamais été essayée ailleurs.

Nous nous sommes tous ralliés à la proposition de Thorbjörn. Comme des gamins prêts à jouer aux pompiers, quelques-uns se sont approchés de la rivière de feu. Mais là s'est arrêté le jeu. La situation criait à l'urgence. Tous ensemble, hommes et femmes ont formé de longues chaînes pour déployer et connecter les tuyaux.

Face à leur barrage apparemment dérisoire, un rouleau compresseur avançait inéluctablement. Le sol vibrait. Les grondements et les sifflements du cratère assourdissaient les secouristes. Dans une atmosphère suffocante, la roche basaltique fondue renvoyait des émanations de soufre et de fer en fusion. On se serait cru dans une gigantesque usine sidérurgique. En tandem, placés l'un derrière l'autre, les hommes tenaient fermement les conduites d'eau sur l'épaule. Les mains agrippées à la gâchette, les premiers projetaient un jet d'eau sur le monstre de feu.

Impossible pour quiconque de retenir une lance d'arrosage plus de dix minutes. L'effet de recul causé par la pression du jet épuisait et renversait même les plus costauds. Le chef a aussitôt commandé des trépieds à Reykjavík pour supporter et maintenir les lances. Heureusement, la piste d'atterrissage s'avérait parfaitement opérationnelle.

— Allez décharger l'avion avec Vladimar, nous a lancé Thorbjörn.

Saga et moi, nous sommes montés dans le véhicule pour prendre le matériel. Court trajet en camion, attente sur la piste. Douceur de quelques instants de grâce volés à la situation extrême qui nous maintenait dans l'action permanente. Serrée contre moi, Saga ne disait rien. Mais son regard, sa main glissée dans la mienne! Que de tendresse dans ce bref contact!

Rapidement, la technique s'est avérée efficace. Refroidir le front de lave permettait d'en ralentir le mouvement et de l'immobiliser momentanément. Comme prévu, la lave contournait la partie refroidie.

Mais la quantité de lave qui se déversait était trop forte. Le flot s'approchait malgré tout du port. Dans ce duel, l'attaquant prenait le pas sur l'adversaire, condamné à reculer sans cesse. La marée de feu recouvrait de plus en plus l'île sinistrée.

Soudain, dans ce combat dantesque, un homme a surgi de nulle part. Il avançait comme la Mort, avec pour faux un balai à l'épaule. Il s'est dirigé vers une maison. On l'a vu enlever minutieusement les panneaux protégeant les fenêtres ! Toute la journée, il a fait le grand ménage ! Puis, il est reparti sans un mot. Il ne voulait pas être là lorsque les murs de sa maison seraient broyés comme des biscuits. Il désirait que sa demeure sacrifiée à Surtur soit belle et propre.

Pendant ce temps, le combat continuait de plus belle.

— Il faudrait pomper dix fois plus d'eau pour freiner l'avancée de la lave, a déclaré Thorbjörn d'un ton péremptoire.

Répondant à l'appel, des volontaires, tous marins du port, ont rassemblé le matériel disponible dans les installations portuaires. Dépassant leur fatigue, ils ont tiré les tuyaux et monté de nouvelles batteries d'arrosage. Ils les ont arrimées aux tréteaux et, enfin, les ont mises en action.

Un pompage de cinq cent mille litres par jour a eu raison du flot de lave qui, au bout de deux semaines, s'est finalement figé en un immense mur avant d'atteindre le port. Vu le succès inespéré de l'entreprise, des journalistes et des équipes de télévision sont arrivés dans l'île pour suivre l'évolution de la situation.

X

13 mars

De semaine en semaine, l'équipe de l'intendance s'efforçait d'améliorer les conditions de vie dans le campement installé dans les usines à la fin de janvier. Avec des moyens rudimentaires, ces gens réalisaient des prouesses pour donner plus de confort – si on peut parler ainsi – et varier les repas.

À notre retour, ce soir-là, il flottait un étrange parfum de grillade. Affamés par une journée de labeur, nous nous sommes précipités auprès d'Olafsson, le chef cuisinier. Une seule question :

— D'où vient cette odeur ?

Et le cuistot de répliquer :

— Aujourd'hui, je propose de la cuisine nouvelle vague !

Alors que tous se battaient contre le feu, cet Olafsson, toujours en veine d'imagination, avait repéré une minuscule source de lave non loin de la cafétéria. Il l'avait domestiquée pour la transformer en barbecue naturel et faire cuire ses steaks.

— Quand j'ai assaisonné, les grains de poivre ont brûlé avant d'atteindre la viande, s'est-il esclaffé.

— Quel goût particulier ! Un mélange de croûte brûlée et de viande rouge qui a gardé son sang !

Les femmes surtout ont adoré. D'un commun accord, elles prétendaient engager ce merveilleux cuisinier. Saga riait avec les autres, mais sa pensée errait ailleurs. Elle me revoyait dans son restaurant, perplexe et décontenancé, aux prises avec un steak de requin faisandé…

Plus pragmatiques, les hommes suggéraient à Olafsson de faire breveter son système.

— Trop tard pour le brevet ! a-t-il répondu, heureux de voir sa « gastronomie » aussi appréciée. Rappelez-vous Saint-Exupéry : « … le Petit Prince possédait deux volcans en activité. Et c'était bien commode pour faire chauffer le petit-déjeuner le matin...»

À table, notre érudit de Thorbjörn nous a raconté qu'en 1783 une éruption avait créé une fissure de vingt kilomètres quelque part au sud-est de l'Islande.

— Pendant huit mois, il y a eu au-dessus du pays un brouillard chargé d'une grande quantité de fluorine qui asphyxiait les hommes et les bestiaux.

— De la fluorine ? a demandé le plongeur, derrière ses casseroles.

— Des cristaux dans les gaz en suspension. Un poison mortel, a expliqué Thorbjörn. Par vingt-sept bouches de feu, seize milliards de mètres cubes de matière avaient jailli de la chambre magmatique, a-t-il poursuivi. Un tiers de la population de la région est morte empoisonnée. D'autres ont souffert de famine. Les survivants se sont regroupés autour d'un révérend et se sont enfermés dans une église encerclée par le flot de lave. Le prêtre a appelé les fidèles à la plus grande ferveur. Quand ils ont ouvert les portes, la coulée s'était arrêtée et la lave avait durci. L'église était épargnée.

— Il n'en fallait pas plus pour raffermir la foi, a lancé Saga d'un ton moqueur.

— Après tout, pourquoi pas une prière, a ajouté Thorbjörn, les joues ravinées de fatigue.

Un silence a suivi. Mais pâlissant soudain, Thorbjörn a vacillé, puis il s'est évanoui. À l'infirmerie, le médecin l'a contraint au repos total. Même les plus forts, comme Thorbjörn, n'échappent pas à la fatigue. Eirícksson, le chef pompier, a immédiatement pris la relève.

Vingt-quatre heures plus tard, Thorbjörn reprenait sa place. Rien ne le ferait plier, car il se savait indispensable pour orchestrer les opérations et rendre le moral à l'équipe éreintée.

XI

20 mars

Nouvelle alerte. Thorbjörn dirige son monde sur le front ouest-nord-ouest. Une langue de lave franchit la digue de protection érigée il y a peu de temps dans le but de sauvegarder des maisons.

La nature oppose ses forces sur un immense champ de bataille. Spectacle fabuleux que l'affrontement entre les éléments. Au contact de la mer, la lave transforme l'eau en vapeur qui roule d'énormes tourbillons ventrus dans l'air. Le grondement s'entend à des kilomètres.

Sur l'île, le côté grandiose du phénomène n'a d'égal que le danger qu'il engendre. La vague de feu progresse de quarante mètres par jour. Inlassablement, les pompiers de l'impossible se relaient aux batteries de canons à eau. Mais face à la mobilité de la lave, ils doivent reculer pas à pas. Les maisons cuisent, fondent et disparaissent dans le magma. C'est hallucinant. Harassés, moralement démolis, tous contemplent le désastre. La nature prend inéluctablement ses droits.

Au petit matin, au moment où plus personne ne l'espérait, le flot s'est endigué de lui-même et le rempart de lave s'est enfin figé. Du cône béant du cratère, surnommé Eldfell ou « la montagne de feu », seul un mince filet de lave coule encore vers l'océan.

Recru de fatigue, le groupe a regagné le dortoir où chacun s'est écroulé sur son lit de camp. Les deux chefs perçoivent la nécessité d'une détente. Hardiesse et goût du risque ne suffisent plus pour continuer la lutte. Le stress et l'effort physique fourni ces derniers jours ont sévèrement entamé les réserves.

▲ ▲ ▲

Quoi de mieux qu'un gueuleton pour remettre les esprits. Jamais à court d'idées, Olafsson également avait jugé le moral des troupes en chute libre. Ravitaillé par avion, il a préparé un festin d'oies farcies aux fruits tournées à la broche sur sa plus récente innovation technique : la pierre incandescente.

On a festoyé. Un régal !

Après une joyeuse bombance, le boute-en-train d'Olafsson a sorti sa guitare. Thorbjörn a emboîté le pas en distribuant quelques bouteilles d'akvavit. Les murs ont vibré sous l'ovation. La mine réjouie, les heureux convives ont riposté en entonnant les traditionnels chants de marins hérités du fond des âges et qui remuent l'âme.

Les chansons alternaient avec les rires, les danses avec les récits et les anecdotes. Il revient au responsable de la piste d'atterrissage d'avoir rapporté la plus savoureuse de toutes.

— Imaginez-vous qu'hier, au moment où vous en aviez plein les bras avec la soupe qui débordait, j'ai eu la surprise de voir descendre d'avion deux gars chargés d'appareils photo ! J'ai d'abord pensé qu'ils venaient filmer un reportage sur l'éruption. Mais quand a débarqué une fille en minijupe, souliers fins et joli sac à main de couleur assortie, je me suis demandé ce qu'une Barbie comme celle-là venait faire ici !

« Je vous le donne en mille ! C'était Twiggy, le mannequin vedette, qui venait poser pour une collection de je ne sais quel grand couturier. Ce gratin tiré à quatre épingles prenait garde de ne pas se salir. Twiggy esquissait un sourire au moment du déclic. Mais je voyais la tension crisper sa silhouette filiforme découpée sur fond de volcan fumant… »

La cantine croulait sous les rires : « Twiggy affronte les flammes », « L'été s'annonce chaud ! », « La fin du monde en minijupe ! Que dira saint Pierre ? », « L'enfer pour Twiggy… »

Chacun y allait de son bon mot. Et la fiesta de s'emballer aux accords de guitare et au rythme des casseroles de cuisine transformées en percussion. Les derniers fêtards ont jeté l'éponge vers les quatre heures du matin !

XII

28 mars

La situation est redevenue dangereuse. Hier, Eirícksson nous a appris que de lourds gaz délétères commençaient à se répandre au ras du sol près de la base ouest du cratère. Désormais, un technicien veillerait en éclaireur à la détection des émanations. Sur son énorme casque semblable à un aquarium, un puissant gyrophare se déclenche à la moindre concentration toxique. Des batteries au dos, des cadrans et autres truco-mètres suspendus lui ont valu d'être baptisé «Détecto-Kangourou».

Ce matin, notre nouvel éclaireur, Thorbjörn et quelques autres, piolet à la main, ont escaladé le mur de lave durcie pour observer la tourmente. Mer de pierre en furie figée en d'ultimes convulsions au moment où elle s'apprêtait à donner l'assaut ! Vagues pétrifiées aux arêtes tranchantes immobilisées au moment de s'abattre. Dômes et aiguilles de lave pâteuse dressés en sentinelles statufiées…

Saga et moi étions du groupe, pour prendre les notes et photos scientifiques requises par le chef. La bande s'est encordée pour se hisser des ravins les plus profonds.

Cet exercice d'escalade était une première pour moi. Craintivement, j'ai noué la corde autour de ma taille. Je concevais mal de confier ma sauvegarde à un filin aussi mince.

— Et si on dévisse ? ai-je marmonné.

— Aie confiance au premier de cordée. C'est un gars expérimenté. Et puis, regarde. Si tu dévisses, celui qui t'assure pince la corde simplement comme ceci, me dit Saga en me montrant une boucle dont elle serre les bouts ensemble. Les mouvements contraires dans le piton s'annulent et tu ne bouges plus. Il te reste juste à reprendre appui sur tes pieds.

N'empêche. Au terme du premier exercice du genre, je suis arrivé pantelant. Je m'étais découvert un ennemi caché : le vertige. Ne voulant pas ralentir le groupe, je me suis efforcé de surmonter mon inquiétude. L'assurance de mes compagnons m'y a aidé et nous avons progressé sur les chemins chaotiques. À certains endroits, la lave vitrifiée coupait la peau, les vêtements et les bottes, d'un simple frôlement.

— C'est de l'obsidienne, a remarqué machinalement Thorbjörn. Certains chirurgiens fixent un éclat de cette pierre volcanique à leur bistouri pour obtenir une coupe plus fine que les meilleurs alliages.

À ce moment, Détecto a enregistré un gaz dangereux.

— En arrière ! clamait le gyrophare en virevoltant.

Les gaz accumulés dans les failles roulaient en un remous de brouillard bleu et se mêlaient au rayonnement rougeâtre du feu liquide. Une lumière fantomatique dansait. Le méthanol dressait des colonnes de feu qui s'étiolaient en flammèches aux formes de sylphides.

— Faites gaffe ! a lancé Détecto. Vite, en bas de la colline ! Ce brouillard de gaz ferait suffoquer le moindre chat qui rôde.

Ironie du sort ! Le lendemain, malgré son équipement, Détecto était le premier à respirer une faible infiltration de ce gaz pendant une ronde de contrôle. Son cœur s'est contracté et l'hélicoptère l'a transporté d'urgence à Reykjavík. Il s'en est heureusement tiré sans complication.

— Je commence à comprendre pourquoi, dans ce pays où tout est mythique, les génies de l'air sont la source de croyances et de superstitions plus noires les unes que les autres…

XIII

31 mars

Rappelés par diverses obligations, la plupart des volontaires de la première vague de secours étaient rentrés à Reykjavík. D'autres les remplaçaient. Ne restaient en permanence que des équipes de pompiers et autres corps de métier, ainsi qu'une vingtaine de personnes, dont Saga et moi. Impossible de nous détacher de cette île. Notre île. Ce lieu avait vu naître des parties de nous-mêmes.

Le soir, aussi souvent que possible, je m'éclipsais du campement avec Saga. Jamais je ne m'étais imaginé capable d'un tel amour ! Aimer autant, moi ? Je ne me posais plus de questions, les doutes étaient livrés au volcan. Saga aime comme elle vit : passionnément. Belle jusqu'au plus profond d'elle-même.

Avec Saga, je voudrais découvrir la terre entière.

— Christophe, j'aimerais te faire part d'une lubie qui me hante depuis longtemps. Je suis obsédée par l'idée d'entrevoir le cœur du volcan. Je voudrais grimper là-haut. Tu m'accompagnes ? Il ne devrait pas y avoir trop de danger, le vent souffle fort vers le sud-est et emporte tout ce que le volcan dégage. Le vent glacial nous refroidira. La montée sera fatigante, mais ça devrait aller !

— Quelle folie ! On va y laisser notre peau ! Je tiens à la vie, imagine-toi ! Et je tiens encore plus à toi !

Saga insiste. Son plan prévoyait tout : équipement de sécurité, itinéraire en fonction des pentes et du vent, estimation des distances et de la durée de l'expédition… Plus elle parlait, plus mes réticences tombaient. Je me sentais emporté par ce défi insensé. Après tout, pourquoi hésiter ? Finalement, séduit par ce projet, j'étais transporté à l'idée d'apercevoir « l'œil du cyclope ».

En nous faufilant dans la « noirté », sans peur de la peur, nous marchions d'un pas conquérant, prêts à enlever une place forte à deux. Couverts de passe-montagnes en aluminium pour nous protéger le visage des rafales, nous avons grimpé dans l'ombre du feu. Une lampe frontale éclairait timidement nos pas. Soudain, une détonation a déchiré l'air, nous défonçant presque les tympans. Un projectile embrasé perçait le ciel dans notre direction.

— Les vents ne pourront pas le détourner ! a hurlé Saga. Vite, cours !

Nous avons dévalé la pente à grandes enjambées, la bête de feu à nos trousses. Nos pieds s'enfonçaient dans la cendre. Saga a trébuché et, dans la même seconde, je me suis envolé la tête la première dans les scories. Surpris de me retrouver vivant, j'allais me relever lorsque la bombe s'est écrasée à dix mètres et m'a plaqué au sol. Le souffle coupé dans cette chaleur d'enfer, j'étais couvert de la sueur froide d'une peur qui me secouait de spasmes. Tout de suite, j'ai pris conscience de l'absence de Saga. Anxieux, je la cherchais. L'espace d'un instant, j'ai erré dans un cauchemar. Puis, près de moi, une tête noire aux dents blanches a surgi des décombres.

— N'essaie pas de me convaincre de rentrer ! a-t-elle déclaré avec la témérité de celle qui n'a jamais douté.

Elle m'a foudroyé d'un regard perçant, le défi sur les lèvres, prête à justifier l'absurde. Un charme m'envoûtait. Comment ne pas céder à une telle pulsion ? Saga sait laisser ses pensées s'emballer dans une ronde démente. Le besoin de tout saisir l'ensorcelle et la rend imprudente. Rien ne l'effraie. La conquête de l'impossible exacerbe son tempérament. Sous l'emprise de ce désir, elle ressent une jouissance semblable au plaisir amoureux. Orgasme stupéfiant de danger et de défi ! Grisée, elle sublime le spectre de la mort.

Nous avancions péniblement dans la cendre chaude, obligés de nous refroidir chaque pied à tour de rôle en le maintenant au-dessus de l'amas brûlant. Nous avons marché longtemps dans le chaos des blocs de lave, titubant sous l'effort. Le sol devenait de plus en plus cuisant tandis que le vent glacial nous mordait le visage. Mais au sommet, la fatigue s'est effacée devant la majesté du monstre. Nous apercevions enfin le cœur rugissant du cratère.

— Quelle splendeur ! On dirait qu'un sorcier est en train de concocter une potion dans les entrailles de la Terre, a badiné Saga, sautillant d'un pied sur l'autre pour tempérer l'ardeur du sol.

Le sang de roche fondue barbotait dans l'immense marmite. De lourdes bulles se boursouflaient avant d'éclater avec un bruit flasque. Des lambeaux de feu virevoltaient comme des pantins désarticulés. D'épaisses volutes de gaz s'échappaient des solfatares qui sentaient la fournaise.

Des explosions lançaient une cendre tournoyante, soufflée par la bourrasque.

Au contact de l'air libre, la lave, refroidie brusquement, se figeait à la surface en une couche de verre qui se brisait au moindre frémissement. Un crépitement tintait bizarrement dans l'atmosphère.

— Ce bruit de vitre fracassée est hallucinant! s'étonnait Saga à l'écoute d'un concert des plus insolites.

Éblouis après avoir contemplé longuement la plaie béante de la terre, nous avons rebroussé chemin pour trouver refuge plus bas, à l'abri des rafales. Levant les yeux sur la gigantesque concrétion de lave qui faisait écran, nous avons reconnu la forme surprenante d'un lion ailé surmonté d'une tête insolite. Créature de volcan, la fabuleuse chimère dressait orgueilleusement le museau dans les ténèbres, comme à l'affût du moindre indice de présence humaine. Une lumière radiante l'animait d'une vie secrète. Comble d'étrangeté : le sol vibrait de cognements sourds. Saga avait-elle négocié cet instant auprès des puissances occultes?

Nous restions là, muets et impressionnés. Nos bras se sont refermés sur nos corps transis d'émotions. Emportés par le mystère des lieux, nos corps noués vibraient au contact des profondeurs de la terre. Survoltés par cet afflux de flammes intérieures, nous roulions dans les cendres tièdes. À la lueur pourpre des éruptions qui balafraient le ciel, nos éclats de rire se mêlaient aux rafales d'explosions. Le visage triomphant de Saga brasillait. Pour mieux savourer le plaisir, elle m'étreignait en fourrageant à grandes mains dans mes cheveux ébouriffés. En pleine mytho-logie du feu, la vie devenait plus enivrante que jamais.

Étendu sur le dos, je contemplais alternativement les yeux étincelants de Saga et le volcan engagé dans une nouvelle phase éruptive. Soudain, les confondant, j'ai été saisi par la pensée que Saga était elle-même volcan... Des larmes emplissaient mes yeux.

XIV

4 avril

En quelques jours, les gaz se sont dissipés, mais nous n'avons pas été plus tranquilles pour autant, loin de là ! Partis tôt le matin pour une vérification de routine, les observateurs sont revenus alarmés : « Tout va s'écrouler ! Deux grandes fissures se sont ouvertes, sans explosion. C'est tout un flanc du volcan qui s'affaisse ! »

Ce mastodonte libéré par l'écroulement est parti en flottant, porté par une vague de lave de dix mètres de hauteur. Par dérision, l'équipe l'a surnommé l'Iceberg. Sa dérive inexorable vers le port a amplifié notre sentiment d'impuissance.

— Que faire de ce radeau de pierre sur une mer de feu ? a lancé Eiríksson.

De gigantesques blocs s'effondraient, libérant le feu liquide. En basculant, ils roulaient dans le magma.

— Avec les moyens dont nous disposons, l'arrosage ne donnera aucun résultat, a constaté Eiríksson. L'énorme flot s'avance dans la ville ! Faudra se résigner à sacrifier les maisons.

— Il a raison, a renchéri Thorbjörn. Tenter de les sauver serait impossible. Abandonnons cet espoir, des maisons, ça se reconstruit. Si l'Iceberg progresse d'une cinquantaine de mètres par jour, le chenal sera bloqué.

— Concentrons notre énergie sur le port. Sans accès, l'île est perdue.

Eiríksson s'est chargé d'appeler des renforts et de faire venir des équipements d'arrosage plus performants : des pompes à haute pression, reliées à des pipelines plongés dans la mer.

De son côté, Thorbjörn s'est adressé à l'ensemble des équipes sur place pour un nouvel appel de volontaires, aux risques et périls de chaque individu. La lutte contre l'Iceberg n'avait aucune commune mesure avec l'expérience précédente, pourtant éprouvante. Enjeux, espace, matériel, durée probable de l'opération, périls multiples, tout était centuplé.

Galvanisés par l'esprit de décision de notre chef, tous nous nous sommes engagés dans les « commandos du feu » pour la bataille de la dernière chance : diriger l'Iceberg vers la mer.

Eiríksson nous a exposé sa stratégie, puis a déployé volontaires et machines en toute hâte sur le site. Les bateaux-pompes déversaient des trombes depuis la mer ; les canons à eau alignaient leur salve à partir des brise-lames des quais où ils étaient arrimés. Quatre mille cinq cents tonnes d'eau par heure ! Une rivière se déversait sur la lave. L'île disparaissait dans un immense nuage de vapeur. Un vaste système de pompage alimentait des canalisations amenées de plus en plus près des foyers par des hommes doués d'une intrépidité démesurée. Coude à coude, sous les feux de puissants réflecteurs, cinq cents personnes se relayaient aux douze heures. Leur courage n'avait d'égal que leur volonté de sauver l'avenir de l'île.

Les chefs veillaient au mieux à la sécurité.

— Il faut avoir un bon sens de l'orientation, a expliqué Thorbjörn, c'est la principale condition pour rester en vie. À partir de maintenant, il faudra suivre les bulldozers et monter sur le champ de lave avec les tuyaux d'arrosage. Là-haut, la vapeur et la fumée sont emportées par les vents. Attention, vous aurez l'impression de marcher dans un brouillard opaque. Chacun doit savoir se guider à la boussole lorsqu'il n'est pas capable de suivre les tuyaux. On ne peut pas se fier au son du volcan, car les ondes se propagent dans tous les sens.

— Le plus dangereux, c'est quand il faut s'aventurer sur une croûte à peine durcie d'une dizaine de centimètres, a expliqué Eiríksson à un nouveau venu. Mets ce réservoir d'eau sur ton dos, il sert à remplir les bottes au moment où les semelles s'étirent en fromage ! C'est mieux que l'amiante, le caoutchouc permet de détecter les endroits brûlants où circulent les coulées souterraines. Prends garde aussi aux projections. Les cendres retombent en neige. Mais à d'autres moments, le volcan catapulte des bombes. Certaines atteignent la grosseur d'une voiture.

Lors d'une réunion spéciale, Thorbjörn avait expliqué clairement comment affronter un tel danger :

— Quand la bombe est éjectée de la gueule du volcan, vous la regardez. Pas la peine de courir ni même de vous déplacer. Sous la force de propulsion, elle va s'arrondir et, dans le meilleur des cas, les gaz la feront exploser. Alors vous aurez droit à un magnifique feu d'artifice. S'il n'y a pas d'explosion, gardez votre sang-froid et surveillez la trajectoire de la bombe. Si elle se dirige vers vous, à ce moment-là, jetez-vous sur le côté. Pas avant !

— Belle consigne ! a riposté l'un de nous. Mais que fait-on lorsqu'on est en plein brouillard et qu'on ne réussit même pas à voir ses pieds ?

Eiríksson a haussé les épaules, ne sachant que répondre, stupéfié lui-même de constater qu'il n'y avait encore aucune victime.

— On s'enfuit avant de recevoir cette masse de feu sur la tête ! a grommelé Saga. Tu parles !

Pour le moment, l'Iceberg menaçant voguait toujours vers l'entrée du port. Mais la ténacité des équipes formait un front inaltérable. Sous le déluge des hommes, le redoutable géant a ralenti, s'est figé progressivement, pour enfin s'arrêter un mois plus tard à cent cinquante mètres de l'embouchure.

Le port était sauvé !

XV

3 juin

L'éruption a duré quatre mois en tout. Quelques soubresauts, puis tout s'est terminé à la fin de mai. Des montagnes de débris s'étaient accumulés sur l'île et l'avaient même agrandie. Quelque trois cent cinquante constructions avaient brûlé et plus de soixante-dix autres avaient été enfouies sous la cendre.

Saga et moi avions participé aux opérations jusqu'à la fin de l'éruption.

Une dernière fois, nous avons traversé la nuit ensemble près du volcan. À l'aube, une mince frange grise au pied du ciel annonçait l'aurore. Une fine pluie faisait frémir le paysage. De lourdes vapeurs pendaient en franges noires. Ailleurs, des pans de brume migraient au ras du volcan en troupeau de nuages. Des bouffées d'un vent aigrelet répandaient toujours un arrière-goût de soufre. L'affrontement des forces de la nature s'apaisait.

Le volcan s'était éteint. Curieusement, on aurait dit que notre amour s'était alimenté à sa flamme. Avions-nous besoin du danger pour nous sentir exister ? Le dilemme me tiraillait de nouveau, comme à mon arrivée en Islande. À une brûlante envie de rester près de Saga s'opposait secrètement un obscur mouvement de l'âme qui m'obligeait à partir.

Il me fallait m'envoler vers le Québec pour trois ou quatre mois, le temps de régler certaines affaires et d'amasser un peu d'argent avant de rejoindre de nouveau Saga. Nos projets devaient nous emmener au Ladakh l'année suivante. Cette région du nord de l'Inde, près du Tibet, avait été interdite aux étrangers pendant très longtemps. Ses frontières venaient tout juste d'être réouvertes. Nous étions curieux de rencontrer des gens coupés des influences extérieures depuis leur naissance. Nous rêvions également d'atteindre le désert de Gobi, l'un des endroits les plus hostiles de la planète.

À l'aéroport, je tenais Saga dans mes bras, au milieu de la salle d'attente bondée. J'aurais aimé lui parler de toutes ces choses que je n'avais pas réussi à lui raconter depuis notre rencontre. La lutte contre le volcan nous avait accaparés. La gorge nouée, nous ne pouvions rien ajouter. Comme nous ne savions plus nous détacher de ce monde irréel, le silence a finalement pris toute la place.

Le destin qui nous avait unis quelques mois auparavant nous rejetait maintenant sur des rives opposées.

Deuxième partie

Mathieu

I

20 juillet

Baie-Saint-Paul

À son retour d'Islande, Christophe avait repris son travail à l'auberge de jeunesse où, depuis une quinzaine de jours, régnait une frénésie débordante. Il est de ces moments uniques dans la vie où, sans qu'on sache pourquoi, certaines personnes se trouvent réunies. Il s'était produit une sorte d'alchimie à partir de cette combinaison d'individus n'ayant apparemment rien en commun, sinon d'être nés à la même époque.

Cet amalgame de jeunes créait à l'auberge une atmosphère d'entraide, de confiance et d'amour. Pour plusieurs, c'était une manière de multiplier les expériences. Pour d'autres, une façon de combler un vague à l'âme. Bref, on passait tour à tour de l'euphorie à la déprime! Dans un cas comme dans l'autre, on en profitait pour allumer un «pétard».

Un soir, dans cette «noblesse» d'esprit, des employés et des clients désabusés rêvassaient devant un coucher de soleil. Pour célébrer un somptueux été, ils avaient soudain décidé d'aller s'amuser dans une boîte à chansons de Baie-Saint-Paul. Christophe les accompagnait. Éreinté par une dure journée, j'avais exceptionnellement décidé de ne pas me joindre à la bande. Au terme de l'équipée, les fêtards se sont entassés par petits groupes dans les voitures, pour rentrer.

Parti avant les autres, Christophe avait décidé de marcher. Le retour ne serait pas si long après tout. Il éprouvait souvent le besoin de se retrouver seul et adorait déambuler dans l'obscurité sur un chemin de campagne. Un brouillard opaque occultait la lune. Impossible de distinguer aucune forme à trois mètres devant soi. Christophe venait de dépasser la grande courbe et emprunterait bientôt la côte abrupte de la falaise. Perdu dans ses pensées, il était presque arrivé quand une voiture s'est immobilisée derrière lui. C'était Georges, un employé de l'auberge, qui partageait avec Christophe des projets de création artistique. Un gars et une fille avaient déjà pris place dans la voiture.

— Allez, monte ! À l'heure qu'il est, tu ne vas tout de même pas grimper la montagne à pied ? lui avait lancé gentiment Darien, assis près de Georges.

— Je veux marcher, je ne suis pas pressé, avait-il répondu d'une voix flottante, grisé par l'alcool et le surmenage des derniers jours.

— Voyons, Christophe, viens, il est tard, on va se coucher.

— Ouais... O.K.

Une visibilité presque nulle. Georges cherche entre le noir des fossés le chemin perdu dans la campagne. Enfin, il aperçoit la piste de terre sur la gauche et tourne. Une voiture surgissant de l'abîme arrive en sens inverse. Les phares aveuglent Georges. En un instant, c'est la collision. Darien, tué sur le coup. Danielle, grièvement blessée. Georges, indemne. Christophe a perdu connaissance.

Plongé dans le coma, notre ami est resté suspendu entre la vie et la mort durant dix jours. Nous l'avons veillé en espérant lui insuffler force, énergie et amour pour le tirer vers la vie. Mais la mort a été la plus forte.

II

15 août

Ce matin, je me suis décidé à décacheter l'enveloppe qui était arrivée pour Christophe quelques jours après l'accident. Un seul mot de quatre lettres dans le coin gauche m'avait empêché de l'ouvrir jusqu'à présent : SAGA.

Une écriture fine, une feuille tapissée de mots. Des lettres rondes à l'encre verte. Et un sachet contenant du sable ou je ne sais quoi.

Lointaine Islande, jour de la fête de Surtur

Tendre et cher amour,

Je pars cet après-midi pour le Danemark. Il fallait que je quitte l'Islande… Tu me manques énormément.

Pour arriver à vivre ma propre vie durant ces quelques semaines loin de toi, j'ai préféré rendre visite à mon oncle Borkur qui enseigne à l'université de Copenhague. Tu sais, celui dont je t'ai déjà parlé, le solitaire passionné d'archives et dont les rares nouvelles nous parviennent lorsqu'il publie un livre. Vieux, tu seras comme lui. Je t'imagine silencieux, écrivant tout le temps. Il a téléphoné pour dire qu'il avait un contrat de recherche pour moi. De toute façon, le voyage me fera changer d'air, le travail sera certainement plus intéressant qu'au café et j'ai des chances de mettre un peu d'argent de côté pour partir avec toi.

Ah! j'y pense: j'ai acheté une nouvelle pile de napperons en papier pour toi, les texturés. Ceux sur lesquels tu aimes tant écrire ces mots qui m'enchantent.

J'emporte avec moi tes lettres, tes pensées, mon courrier intérieur. J'adore plonger dans tes mots, la tête la première, à défaut de m'abandonner dans tes bras. Et je me laisse bercer par la tendresse des paroles. Du coup, je respire un peu mieux. Je ferme les yeux et je te sens, tu es là. Peut-on continuer à respirer normalement après avoir autant aimé?

Ne m'en veux pas si je ne réponds jamais à tes lettres. J'ai tant de mal à écrire. L'écriture, c'est le temps... Mais aujourd'hui, j'ai été troublée par une sensation bizarre. Je suis sûre que tu pensais intensément à moi, mais quelque chose s'est brisé, une rupture dans le fil...

J'ai tourné en rond pendant des heures pour essayer de comprendre. Un fauve en cage! Toutes sortes d'idées noires m'ont assaillie. J'ai décidé de t'écrire, puis de partir.

Ne t'en fais pas, tu sais bien que je suis souvent tourmentée... que le sommeil et moi... Il y a des nuits plus terribles que d'autres au cours desquelles, même en se raisonnant, on n'arrive pas à refaire surface.

Ce matin, 21 juillet. Je crois que je rayerai dans ma tête les semaines avant ton retour. Je n'aurais jamais pensé que l'été serait si long! Pour la première fois de ma vie, j'ai de la difficulté à apprécier quoi que ce soit... je suis trop impatiente. J'ai envie de toi. Le désir m'éveille, même le jour.

Je ne me reconnais plus.

Saga

P.-S.: Avant de quitter l'Islande, j'ai ramassé un peu de cendre du volcan. Je te l'envoie en souvenir d'un moment d'éternité...

Elle avait écrit cette lettre le jour même de l'accident. Les dieux de l'Islande l'habitaient-ils ? Quelle force mystérieuse l'avait informée…?

Il fallait se faire une raison : Christophe était mort. Rien ni personne ne pouvait le ressusciter. J'ai rangé la lettre et la boîte de souvenirs, par besoin d'oublier.

Je n'ai pas eu d'autres nouvelles de Saga après mon message dans lequel je lui annonçais la mort de Christophe.

III

Reykjavík, juin 1989

Cette année, j'ai réalisé le projet qui peu à peu avait mûri en moi : un voyage en Islande. Malgré moi, Christophe m'avait communiqué son besoin de partir. Avec cette même ténacité, je voulais marcher dans ses pas, découvrir ce monde particulier qui l'avait si profondément transformé. J'espérais au fond de moi-même retrouver Saga et partager avec elle le souvenir de mon ami.

Quelle curieuse sensation de voir de ses propres yeux ce qu'on a cent fois imaginé ! J'étais dérangé par l'impression étrange de reconnaître des chemins jamais empruntés. J'avais déjà contemplé ce paysage si bien décrit dans les notes de Christophe. Je pénétrais un lieu connu, longuement envisagé ! Passant d'un impressionnisme imaginaire à une réalité tangible, je comprenais enfin comment cette nature lunaire avait pu agir sur l'esprit fertile de mon ami.

L'île de Heimaey a été l'étape la plus saisissante de mon séjour. J'ai trouvé amusant d'entendre les Islandais prononcer «Aimé» lorsqu'ils parlent de l'île. À l'est, le volcan y a engendré un paysage ruiniforme. Une barrière de lave protège désormais le port des assauts de l'océan. La petite ville est entièrement reconstruite. Une maison émergeant à peine d'une gangue de lave atteste les événements dramatiques de 1973.

J'ai grimpé jusqu'au sommet du cratère le jour du solstice d'été et contemplé le soleil de minuit. Les lueurs violacées caressaient l'Atlantique. Au loin, je pouvais imaginer le Groenland couvert de glace. À mes pieds, des fumerolles actives s'échappaient du cratère, vestiges de l'éruption. Des dépôts jaunâtres tissaient des tapis de soufre contrastant avec le brun rouille de la lave durcie. Un vent glacial soufflait. Je me suis couché par terre pour éprouver de tout mon corps la chaleur de ce mystérieux sol attisé par les profondeurs insondables de la planète. Et j'ai tendu l'oreille à l'écoute des voix secrètes.

Une nuit sans nuit devant la boule de feu qui refuse de disparaître. Pendant des heures, l'astre s'est étendu longuement sur la ligne lointaine des eaux libres. Derrière moi, à l'autre bout du ciel, la lune blanche s'est levée pour un affrontement rituel dans l'infini cosmique sans étoiles. Éclipsant alors sa rivale, le soleil, vainqueur d'une obscurité à peine esquissée, a bordé l'océan d'un liséré rose orangé avant d'entreprendre une nouvelle ronde.

Je suis redescendu du cratère vers les quatre heures du matin. Je marchais, perdu dans des rêveries mêlant les splendeurs de la nature et les récits de Christophe. Le choc est venu au détour du chemin. Il était là, devant moi ! Il m'attendait. Le Sphinx ! C'était le même, aucun doute possible. La description de Christophe lui correspondait dans les moindres détails. J'ai reculé pour en saisir le profil somptueux... L'animal surnaturel se dressait à quelques pas de moi, matérialisation d'un de ces esprits puissants qui habitent les régions nordiques. Il rayonnait d'une énigmatique beauté, insaisissable. J'ai été partagé simultanément entre la crainte et l'absolue confiance ! Le Sphinx était là, érigé comme un gardien protecteur auprès de qui rien ne peut arriver... ou tout !

Gagné à mon tour par une insomnie qu'on aurait dite contagieuse, je n'ai pas fermé l'œil tant mon esprit chevauchait, livré aux sortilèges des puissances archaïques.

▲   ▲   ▲

Au terme d'un tour complet de l'Islande et de recherches ardues, je n'avais pas retrouvé Saga. Personne ne se souvenait d'elle. Assis dans un parc de Reykjavík, le jour précédant mon retour au Québec, je m'étais résigné à tout laisser tomber. Sans que je m'en aperçoive, la rue principale de Reykjavík s'était congestionnée. Pendant un mois, je n'avais vu aucun policier, alors que là, ils étaient deux à marcher lentement au milieu de la rue, en plein centre-ville, bloquant la circulation. J'ai découvert qu'ils escortaient solennellement jusqu'au lac une famille de canards affolés qui traversaient la voie.

Une dame âgée a pris place près de moi. Elle m'a adressé la parole en anglais, comme c'est l'usage en Islande en présence d'un étranger.

— Il ne fait pas beau, n'est-ce pas ? C'est normal. Ici, les conditions atmosphériques changent très vite. On a l'habitude de dire : « Si vous n'êtes pas content du temps qu'il fait, vous n'avez qu'à patienter dix minutes ! » D'ailleurs, il est souvent difficile de faire la différence entre le mauvais temps et un temps clément, car le vent souffle souvent des quarante kilomètres heure…

Puis, sautant du coq à l'âne, sans doute pour combler un besoin de parler, elle me relance :

— Saviez-vous que la langue islandaise recèle d'étonnantes particularités ? Ici, « ordinateur » se dit *tölva*, ce qui signifie « sorcière à compter », et « téléphone » se dit *sími*, d'après l'expression *talsími*, « fil pour parler ».

Cette conversation autour de l'étymologie des néologismes islandais commençait à m'intéresser.

— Qu'êtes-vous venu faire en Islande ? a-t-elle enchaîné pour me retenir encore.

— La raison de mon voyage vous paraîtra peut-être curieuse, mais j'étais à la recherche d'une Islandaise. Son nom est Saga Borkurdóttir, si je ne me trompe pas. Elle faisait partie de l'équipe de volontaires qui a lutté contre le volcan dans l'île de Heimaey.

Me regardant droit dans les yeux, la dame a répondu d'une voix éteinte :

— Je suis sa mère !

Immobile et silencieux, je la fixais sans y croire. Soudainement, cette femme me paraissait bien différente. Son visage était décati par des années de chagrin.

— Vous êtes la mère de Saga… J'étais un ami de Christophe.

— Saga a été foudroyée par sa mort, a-t-elle ajouté sans même que je lui pose de questions. Après le drame, elle est revenue précipitamment du Danemark et son comportement a basculé. Elle ne parlait plus. Malgré ma patience, elle ne disait rien de ce qu'elle ressentait. Elle gardait tout pour elle. Elle ne parvenait pas à comprendre comment ils avaient pu échapper à autant de dangers, et qu'il finisse bêtement, victime d'un accident banal.

« La douleur ne s'est pas fait attendre. Saga a perdu le goût de vivre. Elle semblait ne rien désirer. Elle ne mangeait plus et se contentait de chipoter. Il lui arrivait de passer des heures devant la télévision à regarder des émissions abrutissantes. À d'autres moments, elle partait sans dire un mot et restait plusieurs jours sans donner signe de vie. Impossible de savoir où elle allait. Rien ! On aurait dit un animal qui se cache pour soigner une blessure.

« Je savais ma fille capable de tout. Je pouvais comprendre son chagrin ; ces deux-là s'étaient aimés follement. Les quelques fois où ils m'avaient rendu visite, j'avais senti qu'ils étaient faits l'un pour l'autre ; ils se complétaient jusque dans les moindres gestes. Une sorte de magnétisme les rapprochait. Ils avaient une façon particulière de garder le silence, de mêler naturellement leurs sentiments et leurs pensées. À les voir silencieux, l'un en face de l'autre, on aurait pu croire qu'ils étaient sur le point de se séparer. Moi, je savais qu'ils se taisaient tout simplement pour mieux se rejoindre. »

Je l'écoutais, n'osant l'interrompre. Elle connaissait son récit par cœur à force de se l'être raconté…

— Mais je sentais que cette relation n'annonçait rien de bon. Un astrologue aurait sûrement parlé d'une « anomalie dans la configuration des planètes » !

« Leur amour était aveuglant. Je n'ai pas vu – ou pas voulu voir – que la démesure les mènerait trop loin. Et de toute façon, qu'aurais-je pu y faire ?

« Puis, le temps accomplissant son œuvre, Saga est lentement revenue à la vie. Elle a décidé de partir, sûrement pour obéir à une mystérieuse loi du sang, à un lointain atavisme hérité de nos ancêtres.

Aventurière pendant des années, elle n'a jamais pu s'arrêter, condamnée à repartir sans cesse.

« Ses quelques lettres m'ont appris qu'elle voyageait. Pour gagner assez d'argent avant de se remettre en marche, elle racontait ici et là des légendes de chez nous, qu'elle avait rassemblées en une grande épopée islandaise. Pendant plusieurs mois, elle a fait un tour de France en compagnie d'un copain, un Suisse. Ils se déplaçaient dans une charrette attelée à un cheval. À la manière des troubadours, ils s'arrêtaient sur les places publiques des villages et présentaient leur spectacle. Ils dormaient dans des champs, parfois avec des gitans, puis ils repartaient.

« Les dernières nouvelles que j'ai reçues m'annonçaient qu'elle avait réussi à équiper un petit voilier. Elle partait sur la mer, en solitaire. Elle a été vue pour la dernière fois, dans la mer du Nord, au moment où une alerte météorologique avertissait les navigateurs de l'imminence d'une violente tempête.

« Me croiriez-vous si je vous disais que j'ai entendu son appel ? Le même jour, des vents d'une puissance inouïe ont secoué tout l'Atlantique Nord. J'ai tenté de lui envoyer en pensée toute la force dont une mère est capable, mais…

« Je n'ai plus jamais eu de nouvelles. Plus jamais. Je suis certaine qu'elle s'est battue farouchement jusqu'à la fin contre la tempête, en vraie Islandaise. Mais la mer ne fait pas de quartier. Elle l'a engouffrée sans pitié. Même si la Fatalité a montré à Saga son visage le plus menaçant, je sais que ma fille n'a jamais détourné le regard.

« J'ai vécu à travers elle. Dès son enfance, j'ai essayé de lui inculquer le goût du risque. Je lui ai appris à affronter le danger, à ne jamais attendre. Un jour, je voyageais en train avec ma petite, alors âgée de deux ans. Elle ne tenait pas dans mes bras, le wagon entier lui suffisait à peine. Elle allait et venait dans cet univers. Un couple à l'air plutôt avenant a observé son va-et-vient. L'homme la regardait avec bonté. Il lui a tendu une main ouverte, et la petite – c'est ce qui m'a frappé – est allée vers lui et a croisé ses doigts minuscules entre ceux de l'étranger. J'ai senti dans ce geste décidé que Saga affirmait une indépendance dont elle ne se départirait jamais.

« Le temps a passé. J'admirais sa liberté, cet engagement qui la poussait à ne rien faire à moitié. Elle posait un regard personnel sur la vie et ne laissait pas les autres penser à sa place. N'allez pas croire pour autant que Saga s'opposait à tout, qu'elle disait inévitablement le contraire des autres. Non ! On sentait simplement primer son propre jugement. »

Je croyais entendre Christophe lorsqu'il parlait de Saga…

— Ma fille réalisait les projets auxquels je m'étais contentée de rêver. Elle menait la vie que j'aurais souhaitée pour moi-même. J'ai appuyé chacune de ses décisions, jusqu'à la fin. Saga possédait une force intérieure que je n'ai pas eue. Elle avait choisi de vivre en beauté, à la lumière. Rien ne pouvait résister à sa volonté. On aurait juré qu'elle était capable de mettre en jeu sa propre existence pour atteindre son but. Peut-être ne l'ai-je pas suffisamment prévenue de la violence des choses…

« Depuis, je n'ai pas cessé de réfléchir pour comprendre ce qui peut attirer certains individus à ce point au-delà d'eux-mêmes.

« Saga a cherché la route de l'aventure, alors que l'aventure, c'était la route. Si j'avais la possibilité de lui en parler aujourd'hui, je lui dirais que l'aventure n'existe pas. C'est un concept qui s'installe dans l'esprit de celui qui la recherche ; dès qu'il la touche du doigt, elle devient évanescente, pour réapparaître plus loin, sous une autre forme, dans les méandres de l'imagination.

« Finalement, que reste-t-il ? Étudier pendant une bonne partie de sa vie, parler plusieurs langues, tomber dans un amour fou, lutter contre un volcan, voir le monde... et finir englouti dans l'océan comme un pétale emporté par le vent. Depuis, un proverbe revient inlassablement à ma mémoire : *Tu peux te lever très tôt, à l'aube si tu veux, mais ton destin, lui, s'est levé une heure avant toi!*

« Saga faisait partie de ces êtres qui vivent leur existence en accéléré, pressentant que leur vie sera courte. Elle était de ceux qui croient qu'ils auront toute la mort pour se reposer. »

Pantois, je ne savais que dire ni comment réagir.

Son deuil se situant au-delà des mots, la mère de Saga a cessé de parler.

Puis des larmes ont dévalé sur sa peau ravinée... Elle a ajouté simplement :

— Les volcans finissent toujours par s'éteindre.

— Oui, mais... même si l'eau est de glace, il faut nager jusqu'au bout !

mon cher Christophe
rappelle-toi celui qui se demandait
ce qu'il advient du blanc
quand la neige a fondu

je sais maintenant

reste le souvenir
peut-être